「欸，
我可以在這間店工作嗎？
順便讓我借住在這裡——」
莉特
【莉茲蕾特・渥夫・洛嘉維亞】
洛嘉維亞公國的公主。過去曾與雷德等人共同冒險。
出於種種因素，擅自跑來雷德的店和他一起生活。
原本是傲嬌，但傲期已經過了。

「哇！真的好香唷。」

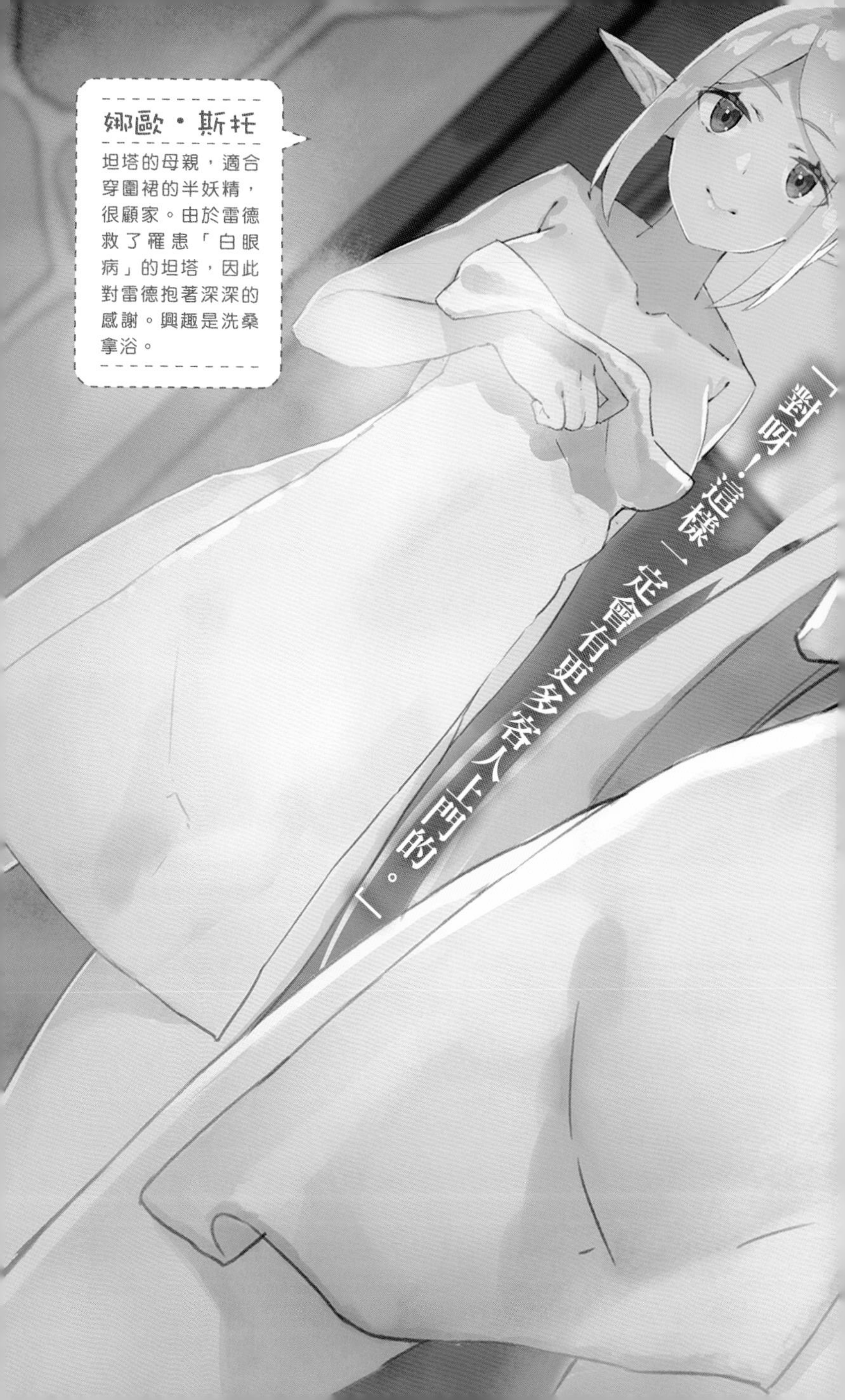
娜歐・斯托
坦塔的母親，適合穿圍裙的半妖精，很顧家。由於雷德救了罹患「白眼病」的坦塔，因此對雷德抱著深深的感謝。興趣是洗桑拿浴。
「對呀！這樣一定會有更多客人上門的。」

藥的評價好像已經透過口耳相傳擴散開來了。
一到傍晚，就有許多客人來買
藥餅乾──
雷德
【吉迪恩・萊格納索】
雖然擁有「初期等級＋30」的技能，但因為等級被追上而慘遭踢出勇者隊伍，決定在邊境展開慢活人生。

亞爾貝．利蘭德
邊境最強的冒險者。擁有「
軍」的加護，是個力圖上進
人。雖然在邊境屬於最強
級，但過去是因為在中央得不
認可才流落至邊境。
坦塔．斯托
很親近雷德的半妖精少年。差點
因為「白眼病」而失明之際，被
雷德救了回來。將來的夢想是成
為木匠。

達南・拉博
擁有「武鬥家」加護的壯碩肌肉男。過去曾是道場主人，但所待的城鎮遭到魔王軍消滅。不過，其豪爽的個性讓人察覺不到這段昔日陰霾。
亞蘭朵拉拉
高等妖精，擁有操縱植物的加護「木之歌者」。在經過洛嘉維亞的戰役之後，成為勇者的夥伴。比其他隊友都更加堅定地信賴著雷德，不過……
艾瑞斯・史洛亞
擁有「賢者」的加護，是人類最頂尖的魔法師。把雷德踢出隊伍的始作俑者。為了振興沒落的公爵家，成為勇者的夥伴。
蒂奧德萊・狄費洛
擁有「十字軍」的加護，是人類最頂尖的法術師，同時也是聖堂騎士流槍術的代理師範。個性克己禁慾，擁有武人氣質。對雷德的能力給予高度評價。

露緹・萊格納索
雷德的妹妹，體內寄宿著人類最強加護的「勇者」。以前很黏哥哥，總像跟屁蟲一樣跟著哥哥到處跑，雷德也很寵愛露緹這個可愛的妹妹。

史托姆桑達
在雷德居住的平民區經營家具店的半獸人。雖然是個倔脾氣的市井工匠，但一看到有錢的客人上門，就會露出平常看不到的營業用笑容來接待對方。
紐曼・溫特斯
在雷德居住的佐爾丹平民區備受依賴的醫師。由於為坦塔診治「白眼病」，而與雷德熟識起來。經常光顧雷德的藥店。

ざっぽん
插畫／やすも

因為不是真正的夥伴而被逐出勇者隊伍，流落到邊境展開慢活人生 1

Banished from the brave man's group, I decided to lead a slow life in the back country.

Kadokawa Fantastic Novels

CONTENTS

序章　啟程之日
11

第一章　我似乎不是真正的夥伴
14

第二章　未成為勇者夥伴的公主
63

第三章　兩個人一起展開慢活人生吧！
119

幕間　孤獨的勇者露緹
154

第四章　佐爾丹的莉特
164

幕間　洛嘉維亞的莉茲蕾特
183

第五章　琥珀中的戒指
191

第六章　火術士狄爾的策略
228

尾聲　無盡長夜
282

後記
292

序章
啟程之日

「勇者」的故鄉陷入火海。

一群獸人長得活像獠牙外露的山豬，右手揮舞著騎兵刀，左手拿著洗劫村莊而來的少數物資，用不堪入耳的髒話大聲叫罵著。

以往的生活完全與戰鬥絕緣的「勇者」，正單手舉著家裡的廉價銅劍，與三名獸人對峙。

「……！」

然而，相較於壯碩的獸人們，「勇者」顯得弱不禁風。即使身懷潛力，未來可能會成為最強的存在，但現在終究只是一名不會打鬥的少女。

雙方很快就分出勝負。「勇者」使出的攻擊在一個獸人的手臂上淺淺劃出一道傷痕，不過，另一個獸人立刻從背後架住她。握著劍的那隻手也因為被獸人肌肉發達的手抓住而動彈不得。

「勇者」拚命掙扎，但她的反抗之心也只是逗樂了獸人而已。

獸人從獠牙外露的口中伸出長長的紅舌，舔了舔嘴唇。那張帶著卑劣笑容的可怕臉龐扭曲起來。

他伸出筋骨嶙峋的手，打算碰觸「勇者」，但那隻手維持抓空的姿勢定住了。

「嗄？」

他感覺到背上有一種滾燙的熱流，面露不解地偏過頭。

儘管他想回頭，卻突然升起虛脫感，雙膝跪了下來。

他就這樣癱倒在地。

＊　＊　＊

我從獸人的背上拔出祕銀長槍，而獸人依舊倒在地上動也不動。

獸人們看向騎在走龍（Riding Drake）上舉著長槍的我，視線紛紛集中在我穿著的鎧甲胸部處，那裡綴著龍的紋章。

「巴哈姆特騎士團的紋章？王、王都的騎士怎麼會來這種窮酸的小村子啊！」

獸人們恐懼地叫喊著。大概原本以為只是來搶劫沒有正規戰力的村子，沒想到眼前出現的是魔王軍也聞之喪膽的巴哈姆特騎士團精銳——王都走龍騎士。

啟程之日

「哇啊！」

趁獸人們驚恐之際，「勇者」朝獸人的小腿踹了一下，從他的手腕中脫離箝制。

她露出笑容朝我奔來。

我跳下走龍，長槍擺一旁，拔出劍，將身為「勇者」的妹妹護在背後，擋在獸人們面前。

「敢對我妹妹出手，想必已經做好覺悟了吧？」

我用騎士之劍指著獸人們這麼說道。

這就是「勇者」故事的第一頁。

「勇者」打倒襲擊故鄉的獸人們，讓村民成功逃走。

獸人們的真實身分是魔王軍的先遣部隊。在鄰近的村莊接二連三遭到壓制當中，「勇者」率眾救出村民，並與集結起來的人們一起點燃反擊的狼煙。

第一章 我似乎不是真正的夥伴

自從掌控暗黑大陸的憤怒魔王泰拉克遜開始侵略阿瓦隆大陸後，已經過了三年。

魔王在短短三年內毀掉四個國家，將一半的大陸納為己有。

看這形勢，人類可以說是無計可施……然而，神並沒有拋棄人類。

預言指出「勇者」將誕生。

指揮幾乎沒有防衛戰力的地方部隊，擊退魔王軍先遣部隊的少女——「勇者」露緹．萊格納索，帶著「勇者」的加護這個簡單明瞭的證據來到王都。

與侵擾王都的地下盜賊團之間的戰役與和解，得到沉眠於古代妖精遺跡的勇者之證等等，各種傑出表現讓國王也確定少女就是傳說中的「勇者」。

於是，伴隨著人們的歡呼與祝福，「勇者」踏上拯救世界的旅途。

*　*　*

佐爾丹位於邊境，距離勇者的故鄉以及與魔王軍的交戰前線都很遙遠。

雖然水源豐富，但來自南洋的暴風雨會經過此地，北邊和東邊則被人跡未至的大山脈——「世界盡頭之壁」所封阻。此外，由於土地遍布濕地，導致交通不便，遲遲沒有進行開發。從戰略上來看，這塊土地毫無價值。

佐爾丹透過豐富的水源、暴風雨帶來的河川氾濫來補給養分，在排水性佳的農耕地上，光是撒撒種子就能收穫一定程度的作物。但是，真的專心務農的話，通常都會被暴風雨摧毀一切，所以當地居民自然而然養成了怠惰、討厭努力的性情。

而我正是流落到這個在中央工作的人都很害怕的怠惰之地佐爾丹。就連剝削城鎮為生的犯罪者都因為沒賺頭而不想接近，是個被世人遺棄的地方。

會來這裡的旅人，不是亡命之徒、隱士，就是怪胎。

不過，這種地方正適合現在的我。

「菲沃斯草三公斤、克庫葉兩公斤、白莓一袋……」

在冒險者公會的收集品收購窗口，我將採來的藥草放在櫃檯上。

「一直以來都勞煩你了，雷德先生……總共是130佩利。」

櫃檯小姐用熟練的動作俐落地測完重量後，將折合的佩利銀幣遞給我。

「下次也麻煩你了。」

我離開櫃檯後，周圍的冒險者們看著我，紛紛露出訕笑的表情。

「唉唷，雷德你又去採藥草了啊？偶爾也去消滅一下哥布林怎麼樣？」

「不行喔？採藥草比較合我的性子啊。」

「可是，你那把銅劍真的很遜耶。身為冒險者，卻連把鋼劍都沒有，未免也太丟臉了吧？」

我聳了聳肩。

雖然被瞧不起很令人不爽，但和那時候比起來根本算不了什麼。

而且這些人只是開開玩笑，並不是認真的。因為他們也專接輕鬆的委託，是充滿佐爾丹怠惰精神的冒險者。

若問起我怎麼會在這種地方當冒險者的話……這要說回我還沒成為專業採藥草冒險者的時候。

＊　＊　＊

以前，話雖如此也不到一年就是了，我是「勇者」隊伍的成員。

我當時叫做吉迪恩．萊格納索。

實不相瞞，勇者露緹．萊格納索是我的妹妹。

在這個世界，每個人都有與生俱來的加護。由於被視為神明的眷顧，用來指引人生道路、給予力量，才會稱為加護。

加護所賦予的力量，是和「戰士」或「魔法師」這些加護種類相對應的技能。我擁有的是史無前例的加護，名為「引導者」。

其力量是初期加護等級＋30。我一生下來就是31級。

這是不亞於王國近衛騎士的等級。

所以我當然備受擁戴。實際上，我六歲就出外消滅魔物，八歲就被招攬進騎士團，十七歲就晉升副團長。

妹妹的勇者身分一經判明後，大家還稱讚我們是人類希望的雙翼。

我和露緹一起打完邊境的戰役，國王認可她為勇者，後來從王都啟程前往討伐魔王之際，我也理所當然成為了她的隊友。

至少在那個當下，我比身為勇者的妹妹還要強，而且還是王都名列前茅的騎士。沒有人反對我加入勇者隊伍。

只有一個例外，那就是同樣加入隊伍的「賢者」艾瑞斯。

結果證明艾瑞斯是對的。

我的加護是「引導者」。這是為了守護剛啟程的「勇者」而存在的加護。

隨著勇者一行人升級，其他隊友習得強大的技能之後，「引導者」的問題也逐漸浮現出來。

有「勇者」的加護可以習得勇者專屬技能，有「賢者」的加護可以習得賢者專屬技能。縱然是「戰士」這類尋常的加護，也備有戰士專屬的技能。但是，引導者沒有專屬技能。

我能選擇的，只有誰都可以習得的通用技能。

儘管我在旅途初期很強，但漸漸被其他隊友追平、超前，最後變成隊伍的負擔。

我的定位，就是「在初期幫助尚未成熟的『勇者』，但到了中期就會被踢出隊伍的夥伴」。

＊　＊　＊

「你不是真正的夥伴。」

與魔王軍四天王之一——土之戴思蒙德經過一番激戰並將其打倒之後，當大家在領

主宅邸舉辦慶功宴時，隊友艾瑞斯把我叫出來，對我說了這句話。

「什麼意思？」

「所謂的真正夥伴，就是善盡自身職責，能夠並肩作戰的夥伴。」

「我不是嗎？」

「你自己也很清楚吧？說白一點，你就是在拖累大家。這次對上四天王的土之戴思蒙德，你有做出什麼貢獻嗎？」

「……我也有拿劍戰鬥啊。」

「不，你的劍沒有對戴思蒙德造成多少傷害。最重要的是，戴思蒙德根本沒把你放在眼裡吧？你頂多被範圍攻擊掃到，他從來沒有朝你發動過攻擊。」

確實如此。戴思蒙德始終當我不存在。

「他沒把你當作威脅，但你卻連不是衝著自己來的範圍攻擊都躲不掉。你一旦受傷，露緹就會幫你進行回復。光是這樣就害我們浪費了一次行動。」

「……那是……」

「你的存在會限制住露緹的發揮。你不覺得這比單純的拖累還要惡劣嗎？」

「我也很努力想要盡可能幫上忙啊。」

「努力？你是白癡嗎？」

「你說什麼?」

「努力可以是成功的原因,但不能當作拖累別人的藉口。因為自己很努力,所以要大家原諒你的礙手礙腳?未免太自私了吧!你果然不是真正的夥伴!」

我完全無法反駁。我在想,或許時候到了。

這件事在我心底藏了很久……看來就是今天了。

「但是,我是巴哈姆特騎士團的副團長,要是因為礙手礙腳被趕走的話,有損騎士團的名譽……」

「世界危機當前還談騎士團的名譽?哼。」

「所以,我等一下會單獨去查探魔王軍的情況……然後再也沒回來。你就當作是這樣吧。」

「原來如此,好吧,我可以配合你的說法。」

「……謝了。」

我垂著頭準備離開。

「喂。」

這時,艾瑞斯叫住了我。

「把裝備留下來,那是我們的東西。」

「…………」

我把佩帶在腰間的喚雷寶劍、精神防禦戒指和閃避大衣等裝備全卸下，從艾瑞斯那邊拿了少許旅費和廉價銅劍就離開了。

不過，我內心還有一點留戀。隔天，在離隊之前我想再看一次妹妹。那個成天喊著哥哥、愛黏著我的妹妹。

當然，現在的我比她弱太多了，但一想到妹妹今後得一個人奮鬥，我就感到很擔心，而且……她也許會因為找不到我而驚慌失措……我還這麼期待著。

然而……當我悄悄地從窗戶窺看室內後，映入我眼簾的是，艾瑞斯摟著妹妹肩膀的模樣。

「什麼嘛……原來是這樣啊。」

我清楚意識到，她已經不需要我了。那傢伙說的沒錯，我並不是真正的夥伴。混帳，感覺眼淚又跑出來了。

雖然妳已經不需要哥哥了，但還是希望妳偶爾可以想起我……我嘟囔著這種悲情的話語，一早就溜出了城市。

後來，我改名雷德，以一名不起眼的專業採藥草冒險者的身分，流落到這個被遺棄的佐爾丹。

＊　＊　＊

「那時候真夠難受的啊。」

剩下自己一人後，儘管是個男人，卻不爭氣地抽泣了起來。

被隊友趕走，我短時間內提不起任何幹勁，隨便收拾了在落腳的城鎮附近作亂的盜賊團，搶走他們的錢財，將近一個月都在喝不習慣的酒逃避現實，喝得爛醉如泥。然而，再這樣下去會引起別人的注目。

我的身分一旦曝光，想必會給過去對我照顧有加的團長和領主造成很大的麻煩。於是，我重振心情，以冒險者雷德的身分一路旅行到邊境的佐爾丹，決定在這裡展開新的夢想。

「我要在佐爾丹這裡開藥店，過著悠閒自在的慢生活！我沒有戰鬥才能，所以接下來要安定平穩地過日子！」

雖然很擔心妹妹，但我比她還要弱，即使擔心也無計可施。

反正我又不是真正的夥伴，魔王就交給他們解決，我今後要為自己而活！

為此，我一邊接採藥草的委託來存錢，一邊將四季的藥草分布寫在自用地圖上。

＊　＊　＊

……也許「引導者」藏著超級外掛？可能有人會這麼想。但並沒有，完全沒有。

加護所給予的是，初期技能與升級後就會解鎖的固有技能。另外就是隨時都能取得的通用技能。

「引導者」可以得到「初期加護等級＋30」這個非常強大的初期技能。說到加護等級30，一般而言，這是騎士退役時的等級。

因此，我一開始就擁有耗費大半輩子作戰的騎士終其生涯所能達到的等級。但是，我沒有固有技能。

我的能力就是初期會具備一定程度的強度，所以即使想要運用這唯一的技能，也沒有擴大解釋的餘地。

沒有技能導致我比其他同等級的人還要弱上許多，就算為了變強而去打倒敵人、提高加護等級、累積技能點數，我也沒辦法擊敗別人能夠解決的敵人，只能去處理一些加護等級低的對手，非常沒有效率。

仔細想想，這實在是一個極度不受賞識的加護。

而且考慮到發展性，「戰士」或「魔法師」這類被視為下級的尋常加護搞不好還比較好。

心碎成兩半的我，就這樣以慢活人生為目標，一點一滴地賺著錢。

＊　＊　＊

我今天也上山採藥草了。

由於我的等級高，雖然無法習得固有技能，但通用技能非常多。

有生存技能的話，只要別太過深入就不會在山中迷路，也可以分辨出普遍可以採集的藥草。

不過，畢竟是通用技能，採得到的藥草只有普遍可以採集的範圍內而已。

「止血消毒用菲沃斯草，解毒用克庫葉，滋養強身用龍神茸。稀有的白莓是魔法藥水的觸媒。」

哼哼♪，我一邊哼著歌，一邊致力於每天的例行公事——採藥草。

佐爾丹什麼都沒有，就水資源最豐富，藥草和果實的種類繁多，簡直可以說是自然的寶庫。

「哦，是綠堅果。紮營的時候燙來吃吧。」

採藥草基本上都是兩天一夜。光是路程就要花上將近半天，要是一天來回的話，效率就太差了。我本來就一直在旅行，所以也習慣餐風露宿了。如果發現藥草以外的野菜或香草，我也會用來做料理。

「不過，在山裡紮營確實很耗費心神就是了。」

魔物並不怕火。我用綁著鈴鐺的繩索圍住四周以求心安，然後把劍放在枕邊睡覺。雖然這裡沒有強悍的魔物，但睡夢中遭到偷襲還是有可能會意外受傷。

「啊，乾脆蓋間小屋好了。」

這裡的居民不蓋山中小屋，因為他們覺得遲早會被暴風雨吹垮。不過，我也不需要那麼氣派的東西，只要能擋風遮雨，具備不會被魔物輕易破壞的堅固度就可以了。

我現在是每週做兩次採藥草的工作，但把行程改成四天三夜一定更省力。這樣的話，我便需要一間小屋作為放行李和休息的地方，以便長時間留在山裡。

「不過，還是先存點小錢再說吧。」

我一邊構思著未來藍圖，一邊沉入夢鄉。

因為感覺到遠方傳來野獸的體臭和大型生物的氣息，我半夜就醒了。

我靜靜地把劍拉過來，探查那股氣息。

雖然我沒有「盜賊」和「獵人」的加護所賦予的特殊技能補正感知，但畢竟沒有其他技能需要分配點數，所以感知技能等級很高。

即使對魔王軍的精銳忍者部隊不管用，但是用來探查棲息山中的野生魔物已經綽綽有餘了。

感覺對方不會立刻往這裡過來，我便鑽出睡袋，躡手躡腳地爬到樹上。

今晚掛在夜空上的，是宛如弓一般尖銳的新月。月光並不充足，沒辦法看見魔物的身影。

我觀察了一會兒後，耳邊傳來鈴鐺的聲響。

接著，一頭巨大的野獸從暗處探出臉來。

「什麼嘛，原來是鴞熊啊。」

鴞熊是擁有貓頭鷹臉與棕熊身體的魔獸，大致上都在15級左右。全世界的森林都有這種魔獸棲息，因此牠們通常都會稱霸整個森林生態系，是隨心所欲過活的森林之王。

真令人懷念，以前露緹跑進森林找迷路的朋友，而我追著她過去時，好像就跟鴞熊打了一架。

當時我七歲。現在的我也絕對能夠打倒牠，不過……

「反正也沒有懸賞金可以拿。」

我輕巧地從樹上跳下來。聽說動物和智慧較低的魔獸之類的怪物，可以憑感覺來判斷對方是否比自己強大。

鴞熊與我四目交接後，便緩緩地後退，然後轉身逃入夜色中。我沒有追上去，而是鑽進睡袋就這樣一覺到天亮。

＊　＊　＊

隔天，採集完藥草後，我回到城市發現人們不知在騷動什麼。

我向守門的衛兵詢問情況。

「怎麼了？」

「哦，雷德，你沒事啊？」

「我這邊就老樣子啊。倒是城裡不太平靜的樣子，發生什麼事了嗎？」

「嗯，有冒險者遭到鴞熊襲擊了。目前正在募集討伐隊，在討伐結束前應該都不能上山了。」

啊，真是失策，那頭鴞熊搞不好就襲擊過某個冒險者。

「真的假的？會花幾天啊？」

「不曉得，鴞熊這種強悍的傢伙可是很少出現的。要嘛得派出一流的B級隊伍，要嘛就得出動三十人左右去討伐。」

冒險者從S到E分為六個級別。

這個級別是以各隊伍來評定，而非個人，只要隊伍有異動就會重新評定。評定基準如下：

E：剛登錄的新人。

D：能夠在魔物徘徊的野外生存下來的隊伍。

C：能夠解決足以威脅村莊危機的隊伍。

B：能夠解決足以威脅城鎮危機的隊伍。

A：能夠解決橫跨許多城鎮危機的國家級隊伍。

S：為了大陸的危機、世界的危機而出動的傳說級隊伍。

基本上，每座城鎮的冒險者公會都有一至三組的B級隊伍在籍，呈現以他們為頂點的金字塔結構。大概只有王都那種大城市才有A級隊伍，而那些菁英目前都在前線與魔王軍作戰。

此外，我現在是D級。

這也沒辦法，畢竟我都在採藥草，而且要是在這裡升上B級就太高調了，可能會暴露出我的本名。萬一暴露了，會給有恩於我的騎士團長帶來天大的麻煩。因此，消滅鴞熊就交給其他冒險者了。

「看來這陣子都得老實待在城裡了。」

幸好我才剛採完藥草而已。

我前往冒險者公會，準備把手上的藥草賣掉。

*　*　*

這次大概賺了90佩利。

我回到居住的連排房屋中的一戶後，為最近只用來除草的銅劍做保養，接著修補走山路而刮破的旅人服。

我的修理技能也升得滿高的。還沒從王都啟程前，在邊境作戰時派上了不少用場。不過，由於可以用魔法修復，所以到頭來還是淪落為乏人問津的技能。

但我現在認識的人裡面也沒有會使用修復魔法的魔法師，拿去防具店修理還要付錢。對於正在存錢準備開藥店的我來說，這是其中一個令人另眼相看的技能。

道具的維護結束，我就用食材庫裡的雞蛋、馬鈴薯，以及從山上帶回來的綠堅果，做成沙拉和馬鈴薯泥當作晚餐。

吃完後，我在公共的盥洗室擦一擦身體便就寢了。

這裡並不是遍地魔物屍體的戰場，也不是邪龍任意橫行的龍巢，更不是雪山那種酷寒地獄。這個房間小歸小，但有屋頂和牆壁。我安心地閉上雙眼。

存到錢之後，我要蓋一間自己的房子兼藥店，房屋後面則建造庭園來栽培需求量高的藥草。

雖然不是什麼了不起的成就，但既沒有拚死一搏的戰役，也沒有勞心傷神的陰謀，我在佐爾丹找到了這樣的生活。

這就是我被逐出勇者隊伍後，所展開的第二人生。

＊　＊　＊

三天後，由二十七名冒險者組成的討伐隊集合起來，在居民的聲援下前往山中。這段期間，我在河川釣魚來賣。

我賺到8佩利。一天1佩利就能維持附兩餐的住宿生活，這樣一想，三天賺到8佩利已經很多了……但是，開藥店所需的資金是1730佩利。

儘管存款有慢慢增加，但扣掉生活費、採藥草時的保久食品準備費，還有裝備的維護費等等，現在採一次藥草大概只能賺到30佩利。

按這步調，必須再採個半年左右的藥草才行。

「不過也無所謂。」

我沒必要操之過急，也沒有生命危險，所以慢慢來就好。

我躺在床上，閱讀從租書店借來的書，懶懶散散地打發時間。

當連排房屋那扇薄薄的玄關門響起敲門聲時，已經是中午過後的事情了。

「來了、來了～」

我將書籤夾進書裡，放下書後，把銅劍掛在腰帶上走向玄關。下意識佩劍是之前旅行時留下的習慣。

當時有好幾次都是睡覺時被偷襲。要是不保持在隨時都能備戰的狀態，我就沒辦法睡得安穩。拜此所賜，我現在睡覺時一定要把武器擺在身邊才能安心，有客人來訪時一定要佩帶武器，否則就會覺得哪裡怪怪的。

不過，為了將來的慢活人生，我必須改掉這種習慣就是了……

「哪位啊？」

我打開門，便看到冒險者公會的職員梅格莉雅，她背後還有一個穿著華麗鎧甲的男人以及其夥伴。

「雷德先生，抱歉打擾你休息了。」

「梅格莉雅小姐，怎麼了？而且連亞爾貝也來了。」

聽到我這麼說，亞爾貝……穿著鎧甲的男人抽動了一下眉毛。

「給我加上敬稱啊，D級。」

這座城市只有兩名B級冒險者，亞爾貝即是其中一人。由於沒有A級以上的冒險者，另一名B級冒險者莉特又是獨行俠，因此亞爾貝的隊伍被視為冒險者公會的王牌。

「……好，亞爾貝先生。所以你們有什麼事？」

亞爾貝走近我，笑咪咪地拍了拍我的肩膀。

「我聽說過你的事情了。採藥草是你的專業，你比誰都還要熟悉山路對吧？」

「嗯，算是吧。」

「我的隊伍接下來要去討伐鴞熊。那本來不是我們該出馬解決的對象，但也沒辦法，畢竟討伐隊失敗了。」

哎呀呀，原來討伐隊敗北了啊。雖然那麼多人不至於解決不了一頭鴞熊，但大概是在山中分散開來之後被逐一擊破了。

亞爾貝可能是從我的表情察覺到我才剛得知這件事，便輕蔑似的笑了笑。

「你竟然不曉得啊？這也難怪，對你這種人而言，討伐鴞熊或許就像另一個世界的事情。但你是靠山維生的吧？那你還是稍微注意一下比較好。不過我想，你就是缺乏這方面的意識才會是萬年D級。」

這個人是怎樣？突然就開始說教了。

我一邊隨便應和幾聲，一邊看向公會職員，催促她進入正題。

「亞爾貝先生，差不多該談正事了。」

「也對，時間有限。」

亞爾貝的夥伴也紛紛點頭。這個隊伍是以亞爾貝為尊。只有他的等級特別突出，其他人的水準不到B級。

甚至沒有他的允許，隊裡的冒險者們也很少發言。

「如同剛才所說，我們準備去討伐鴞熊。但我們幾乎沒做過採藥草的工作，對山上的情況不太了解。」

「這樣啊，所以是想要嚮導嗎？」

「憑我們自己要討伐鴞熊當然很簡單。但是，我不想花上好幾天去對付區區一頭鴞熊。你帶路能讓我們盡快解決這件事的話，倒也不錯。」

「我可是D級喔。你們從討伐失敗的冒險者裡面挑幾個看起來強一點的問問看不是比較好嗎？」

亞爾貝露出蔑視的表情。

「哈，這對你來說是個好機會吧？只要帶路就能累積實績，搞不好還能升上C級耶，到底有什麼好怕的啊？」

原來如此，他是被其他人拒絕了吧。看到亞爾貝一臉不爽的模樣，我就懂了。亞爾貝他們恐怕是被質疑了能力，像是能否打倒鴞熊，或是就算打得倒，但能否保證不會讓帶路的冒險者遭遇危險。

很少有B級冒險者會像亞爾貝這樣被小瞧到如此地步……不過，亞爾貝是在中央得不到認可才流落到佐爾丹的冒險者。

佐爾丹的公會需要B級冒險者，所以強行將亞爾貝認定為B級一事，在佐爾丹是公開的祕密。

「抱歉，我也拒絕。」

「為什麼啊？升到C級可以接到更多不同的委託耶！周遭的人也會多少尊敬你一點

啊！你應該也不想再被別人瞧不起了吧？」

「我對升上C級沒興趣。而且我的夢想是開一間藥店，平平淡淡地過生活。」

「嘖，算了！」

亞爾貝怒吼完後，狠狠瞪了我一眼就高聳著肩膀離去，他的夥伴們也連忙跟了上去。被留下來的梅格莉雅一臉傷腦筋地垂下頭。

「如果雷德先生可以接下委託的話，我們也會比較放心。我可以答應你一定會讓你升到C級喔。」

「不好意思，我真的對晉級沒有興趣。」

「這樣就沒辦法了呢，那麼我也告辭了。」

「嗯，再見。」

梅格莉雅微微欠身，然後也追在亞爾貝後頭而去。

我目送她的背影離開後，便回到了家中。

* * *

傍晚左右，玄關那扇薄薄的門再次「砰砰」地響了起來。

「雷德！是我啦！岡茲！」

「哦，是木匠岡茲啊，我馬上來，所以你別敲那麼大力啦，門會壞的。」

從語氣聽起來，他似乎非常慌張。

我佩上劍立刻就去開門。

「怎麼了？」

站在外面的是，有著一對尖耳朵的半妖精木匠——岡茲。

儘管他擁有鮮明的妖精特徵，不僅臉型削尖，長得也很俊美，但繼承了佐爾丹木匠的豪爽性格與技術。從某方面來看，這種不平衡的地方很有半妖精的風格。

「抱歉打擾到你休息，我妹妹的兒子發燒了，聽醫生說好像是白眼病。」

「坦塔得了白眼病？他目前情況怎麼樣？」

「呃，目前只有發燒昏迷而已。」

「第二階段嗎？我知道了，我現在就過去！」

為了開藥店，我對外傷、疾病和中毒的相關知識都有一定程度的涉略。

白眼病如同其名，是會造成黑眼珠的部分變得濁白的疾病。

病原菌透過鳥類傳播，附著在蛋上面，吃到受汙染的蛋就會遭到感染。

雖然可以用高溫去除，但病原菌對熱度具有一定的抵抗力，若是沒煮熟就會有感染危險。

人們之所以畏懼這種疾病，是因為症狀出現之後，過幾天就會完全失明。一開始會發高燒，必須在接下來的三十六小時內服用治療藥才行。

當然，具備高等級加護的「僧侶」和「治療師」能夠用魔法來治癒……不過，位於邊境的佐爾丹城只有一人辦得到這件事，那就是前任市長米絲托慕大師。但她由於年事已高而卸下市長職務，據說現在正隱居於某處度過餘生，沒有人知道她的所在地。

岡茲的妹妹夫婦就住在他家隔壁。坦塔是他們的兒子。

房子雖然不大，但日照充足，紅色屋頂上立著風向雞，充滿綠意的庭園裡有小小的地精擺飾，充滿家庭氛圍。

我感覺得出來，這是岡茲傾注了對妹妹的愛所打造而成的好房子。

「娜歐！」

「岡茲哥哥！」

妹妹娜歐也是白皙貌美的半妖精。

不過，她和岡茲一樣生長在平民區，是個穿著罩衫式圍裙帶孩子的母親。

娜歐的丈夫米德是人類，是引退的冒險者，現在跟岡茲一起從事木匠的工作。雖然手藝似乎不若岡茲靈巧，因此常常遭到訓斥，但米德計算很快，正好可以彌補岡茲粗枝大葉的個性。

米德不在的時候，岡茲也經常誇他腦筋很聰明。我是覺得要誇就當面誇，但岡茲好像做不到。

現在這對夫婦都因為兒子出現白眼病的症狀而失去了平日的開朗，兩人看起來憔悴不已。

「哥哥，怎麼辦？醫生說沒有藥……」

「放心吧，包在雷德身上。這傢伙在採藥草方面可是佐爾丹第一的冒險者。」

換作一般冒險者大概就發火了，但對我來說是很誠摯的讚美。

不過，現在不是想這種事情的時候。

「坦塔的病情怎麼樣？」

「醫生在裡面幫他看病，但醫生說沒有藥的話，也沒辦法繼續治療。」

「好，我進去看看。」

內側的臥房有個發高燒而痛苦喘氣的小男孩……那是坦塔。

紐曼醫生神色凝重地在旁邊觀察坦塔的病狀。

「醫生。」

「哦，你就是冒險者雷德嗎？你能來真是太好了。」

「我聽說是白眼病。」

「嗯，錯不了的。」

我打了聲招呼後，便觀察起坦塔的眼睛，以及淋巴和口腔的情況。

「虹膜濁白、無數的口腔潰瘍、脖子及腋下的淋巴腫大，確實是白眼病的初期症狀沒錯。」

「以一個冒險者而言，你懂得真多。」

紐曼用毛巾擦著髮量稀薄的頭這麼說道。

「他發燒多久了？」

「大概中午開始有倦怠感，昏倒的時候是三點左右。」

「看來必須在明天傍晚之前讓他服藥才行啊。」

「這就是問題所在，現在沒有藥可用。」

我記得白眼病治療藥的原料是克庫葉，以及一種叫做血針菇的針狀菇。庫克葉一整年除了冬季都採得到，血針菇則只能在春季至夏季中旬才採得到。

現在是春天，正好是採集的時期。

「上個月就開始流行起哥布林熱和白眼病。因此城裡三間診療所的治療藥全都不敷使用了。」

「克庫葉應該夠用，所以是缺血針菇嗎？但差不多已經長出來了吧……」

負責管理藥草庫存的是冒險者公會。照理說他們會發出委託，優先收集短缺的血針菇才對……

「那個公會審批的速度很慢就是了。」

接獲庫存不足的反映後，負責人向上司報告，上司確認庫存，再由負責人撰寫文件，上司收到文件還要取得幹部的批准，等相關文件都準備齊全了，負責人再撰寫發委託用的文件，然後呈交給上司確認……

「佐爾丹的冒險者公會就是官僚作風啊。」

紐曼一臉不悅地說道。總之現在就是缺少原料，沒辦法做藥。

從坦塔的症狀來看，非得在明天日落前服藥不可。考慮到調合的時間，明天中午就要把血針菇交到紐曼手上。

「拜託了，雷德！我知道山裡現在很危險，但我們只能依靠你了！你能不能幫忙採藥草回來？當然，報酬隨你開！不管花上多少年我都絕對會付的！」

說到這裡，岡茲跪在地上用力磕頭。

「沒錯！這孩子有當木匠的才能啊！絕不能讓他的夢想毀在這裡！」

岡茲沒有孩子。他的妻子在我來到這座城市前就病故了，後來沒有再娶，始終保持單身。

因此，他很疼愛妹妹的孩子坦塔，總是說這孩子要繼承他的事業，對一個不到十歲的少年寄予了厚望。坦塔也很親岡茲，從小就在岡茲的工作地點玩耍長大，還表明將來要成為跟岡茲一樣的大人。

然而……

「山裡確實危險，但更重要的是現在禁止進入。就算是冒險者，也得等到鴞熊被消滅才能上山。要是違反規定，最糟的情況可能會遭到冒險者公會除名啊。」

「是、是沒錯，可我們也沒有其他弄到藥的辦法了。」

娜歐和米德夫婦也在岡茲旁邊磕下頭，向我懇求著。

……亞爾貝他們現在應該在山裡搜找鴞熊。

如果沒找到，他們大概會紮營，不過找到的話，他們也可能會通宵追捕。縱使山地廣大，但亞爾貝一行人是精於搜索的冒險者，很難說不會憑一點蛛絲馬跡就察覺到我的存在。

要去跟冒險者公會交涉嗎？行不通的吧，公會沒有那麼信賴我。

「雷德哥哥，你來了嗎？」

坦塔醒來後，用微弱的嗓音如此說道。

由於發高燒的緣故，他連證明自己身上流著妖精之血的尖耳朵前端都變紅了。他看著我笑了笑。

「對不起，我有點感冒了。病好了以後，我一定會再跟你討論的。」

聽到「討論」這個字眼，岡茲等人便看向我。其實……也不是什麼大事啦。

「嗯，也是。已經說好要讓你來蓋我的藥店了，等你好了再拜託你吧。」

這是坦塔在玩耍的時候，我隨口跟他聊到的事情。

要蓋藥店的話，該如何規劃空間布局，還有蓋在哪裡比較好，我常跟坦塔討論這類問題。然後坦塔就跟我約定：「等我成為木匠，雷德哥哥的店就由我來蓋。」

嗯，就是這樣。

我打從一開始就心有定見了。畢竟也沒辦法，都跟人家約好了。而且我的輝煌慢活人生需要一間小而美的店鋪。

「冒險者公會現在禁止上山……」

「真、真的不行嗎？」

「所以我會以朋友的身分完成這份工作，而不是冒險者雷德的身分。你們可要幫我保密啊。」

「雷德！」

「我去去就回。醫生，這段期間坦塔就拜託你了。」

「我會盡我所能去做。不過，調合得花上一個小時。」

「一個小時就能做好已經很令人感激了。換作是我可要花三個小時呢。」

能夠使用「高速調合」的，應該是醫療職系和鍊金術師系，或者是「藥師」的加護固有技能吧。

這個我辦不到。

＊　＊　＊

我這次不打算長時間待在山裡。把水袋裝滿水，銅劍插在腰上之後，我就離開了城市。我往郊外奔去，接著環視周遭的情況。

「看來沒有人發現我。」

忘記最後一次盡力奔跑是什麼時候的事了。

「快速專精：雷光迅步，持久力專精：疲勞完全抗性。」

把通用技能練到11級之後，習得的專精能力也具備一定的強度。但很少有人會把通用技能練到那種地步，所以不太為人所知。

「雷光迅步」是移動速度加快十倍，我在奔跑時，別人只能看到模糊的身影。

「疲勞完全抗性」是肉體不會感到疲勞，熬夜也好，從事重度勞動也好，甚至是全速奔跑一整天都可以。由於會受到疲勞以外的影響，所以還是需要睡眠，沒辦法連續好幾天都不睡，但依然不改這個技能的好用程度。

我凝聚力量踏出一步，接著一步，再一步。

身體逐漸加速，景色化為一道線線被拋到後頭。

達到最高速度後，三十秒就能跑完一公里。換算成時速大概是120km／h。有魔法支援還能跑得更快，但憑一己之力的話，這就是極限了。

這個速度足以媲美超過一百歲的成年龍的飛翔速度。

在夕陽最後一抹餘暉逐漸遭到夜色吞噬之中，我不斷往山奔去。

跑到山裡大約花了三十分鐘。

官道再破爛也還是修建過的道路，全速奔跑是沒問題的，但在林木茂密的山中就不行了。從這裡開始只能用正常速度前進。

我拿出地圖，思考該怎麼走。

雖然我不願浪費時間，但還是想避開亞爾貝他們可能經過的路徑。

這樣的話，這條路徑應該比較好。山裡也有會曬到太陽的一面，考慮到鴞熊不喜歡強烈陽光的性格，只要沒有特殊理由，通常會避開這條路徑。

也就是說，亞爾貝他們必定會先擱下這條路徑。

「好。」

決定好路徑後，接下來只有前進了。

＊　＊　＊

當我察覺到那股氣味之際，久違的焦躁感油然而生，我咬緊牙關拔腿狂奔。

「混帳！」

血針菇的群生地遭到火海包圍。

用技能強化過聽覺後，我便聽到在遠處戰鬥的亞爾貝隊伍發出了怒吼聲。

「那些傢伙竟敢用火魔法啊！」

與鴞熊戰鬥時，亞爾貝他們施展了火魔法。

火魔法的威力很強，確實是對付鴞熊這類強悍大型魔獸時的最佳手段。

但是，血針菇所寄生的這些針葉樹很適合當作柴火，非常易燃。

而且現在正值風勢較強的春季，在山裡施展火魔法相當危險。

如果在這裡的不是我，而是露緹、艾瑞斯，甚至是那支隊伍裡的任何一人，就可以用固有技能或魔法來滅火阻止火災。然而我無能為力，完全沒有辦法撲滅延燒的火勢。

「可惡！可惡啊啊啊！」

我用銅劍切開帶來的水袋，將裡面的水從頭淋下。

我現在能做的，只有盡量採集血針菇了。儘管哥布林熱的時期已過，但接下來會進入白眼病、赤舌病這種致命性疾病的時期，還會出現可能經由空氣造成大規模感染的疾病，像是導致患者發顫的熱病等等。血針菇是佐爾丹在夏天不可或缺的藥草，結果現在卻要燒光了。

相對於需求，血針菇群生的地點很少。在佐爾丹只有這座山才採得到。

我在火焰與濃煙中奔走，四處採集血針菇。濃煙灼燒喉嚨，高溫炙烤肺部。疲勞完全抗性對濃煙起不了作用，缺氧與燒傷在折磨著我的身體。

但是，我還能行動。我的加護最大的優勢就是等級很高。就算沒有固有技能，還是具備與等級相應的傷害承受力，所以我挺得住。

不過，這是有極限的。在大火的包圍下，連呼吸都愈發困難，我開始感到窒息。缺氧讓腦袋沉重，五感也遲鈍了起來。

耳邊傳來沙沙聲。

我眼前出現一頭渾身是傷的鴞熊。亞爾貝那傢伙，讓囊中物逃掉了啊。

負傷的鴞熊陷入狂亂，在鬥爭本能的驅使下揮起兩隻爪子。我握住銅劍的劍柄，被燒熱的劍柄發出滋的一聲，燙傷了我的手掌。

鴞熊揚起咆哮聲，雙臂朝我揮下，打算把我撕成兩半。

而我拔出銅劍，順勢從鴞熊的側腹往上劈至肩頭。

＊　＊　＊

「亞爾貝先生，在這邊！」

在擁有「盜賊」加護的隊友坎博的追蹤下，亞爾貝等人找到了倒在大火中的鴞熊。他們身上有熱抗性與環境抗性的魔法效果，濃煙和高溫傷不了他們。

「不愧是B級！我也幫了忙，很期待報酬喔。」

「火術士」狄爾這麼喊道。他是一個駝背、臉頰瘦削且膚色不太健康的男人。

亞爾貝好不容易才找到這名冒險者來代替雷德帶路。

對於這個男人，亞爾貝也從公會職員梅格莉雅那邊聽說他曾經拋下夥伴逃之夭夭的

事情，風評不怎麼好，但因為沒有其他人選，只好將嚮導的工作託付給他。不過，拜他隨便帶路所賜，亞爾貝一行人直到深夜都還在山裡走來走去。

即使鴞熊一動也不動了，狄爾也不敢靠近牠。萬一牠還活著的話，狄爾怕自己會被撕碎。

亞爾貝走近鴞熊，將前掌切下來作為討伐證明。

「我們成功了呢！」

「……這個傷口。」

「怎麼了嗎？」

「不，沒什麼。趕緊趁魔法效果消失前離開吧。」

聽到亞爾貝這麼說，「盜賊」坎博也舉雙手贊成。

「對啊，就算有抗性魔法也還是很熱，都快窒息了。」

聽到「盜賊」的抱怨，擁有「僧侶」加護的女性蹙起眉頭。

「這也沒辦法吧，人類本來就受不了這種環境啊。只有這點程度的痛苦就該心懷感激了。」

「我知道啊，總比死掉好得多。」

抗性賦予魔法的效果約為十分鐘。要是魔法在這場大火中失效，亞爾貝等人都會立刻倒下。於是，他們加緊腳步離開了現場。

＊　＊　＊

「這……喂，雷德，你沒事吧？」

從我出門之後還過不到六小時。這時間已經很多人睡了，但大家為了照顧坦塔都還醒著。

就在此時，渾身沾滿煙灰的我踉踉蹌蹌地衝了進來。

「紐曼醫生，我把血針菇帶回來了。」

「什麼？你是如何在這麼短的時間裡……不，先不談這個，你這身燒傷也太嚴重了，究竟發生了什麼事……」

「佐爾丹今年能採到的血針菇只有這些了……詳情晚點再說，先做藥吧。」

「也對，你說的沒錯，我立刻著手去做。」

紐曼接過裝有血針菇的袋子後，便回去自己的診療所進行調合作業。

「雷德，你還好吧？我現在就去拿燒傷藥……」

「給採藥草的人拿藥幹麼啦。放心吧，我的傷勢沒看上去那麼嚴重。我回家沖個澡，很快就回來。」

「等、等一下啊，雷德！」

我的身體並不會累，但還是能確切感受到自己用盡了全力。我在井邊將水從頭淋下，冷卻發燙的身體。隔著窗戶可以看到缺了一角的月亮高掛在夜空。

我拚死拚活也只能採到一整袋的血針菇。

這是加護的極限。即使將通用技能練到封頂，但沒有固有技能的話，能做的事情還是很有限。

「被踢走也是很正常的……」

盡全力的結果就是這樣，更遑論拯救世界了。

＊　＊　＊

我返家用濕敷布貼住燒傷較嚴重的地方再纏上繃帶後，便回到了娜歐家。

「你們三個一直在照顧坦塔都累了吧？在醫生來之前，只要給他擦汗餵水就可以了，所以換我來吧。」

我邊說邊走進屋內，結果他們三人都露出驚訝的表情。

「別、別開玩笑了！該休息的是你吧！」

岡茲怒吼完，就把我帶去隔壁房間。那裡擺著應該是臨時做的湯、三明治和稀釋過的葡萄酒。

「吃吧，這我妹剛才做的。」

「欸，不是吧，現在應該先照顧坦塔才對啊。」

「少廢話，快吃。」

「我知道了啦，那就承蒙你們的好意了。」

我拗不過岡茲，只好坐下來用餐，他則目不轉睛地盯著我看。

「幹麼啦？別在這裡浪費時間了，快回去坦塔那裡。」

「你可沒告訴我會搞成這副遍體鱗傷的模樣啊。」

「亞爾貝他們討伐鴞熊的時候引發了森林大火，我只好趕緊把血針菇都採起來，畢竟今後可能會出現更多白眼病患者，而且其他藥也會用到血針菇。雖然這麼說不太恰當，但幸好坦塔是這時候生病，不然到了明天，血針菇大概就全被燒光了。」

「……抱歉，你不惜傷成這樣也要採到藥草，我卻只是悠哉地待在家裡。」

「別放在心上，畢竟這就是冒險者的工作嘛。再說……關於報酬，你可得做好心理準備啊。」

「好、好！男子漢大丈夫絕不食言！就算花上一輩子我也會付的！」

岡茲露齒而笑。

＊　＊　＊

對症下藥後，坦塔眼睛的白濁立刻消失了。

雖然必須靜養並持續服藥一星期才能完全康復，但推測不會留下後遺症。紐曼表示已經沒問題之後，便開始把器材收進提包裡準備回家。

「醫生，真的非常謝謝你！」

岡茲、娜歐和米德向他鞠躬，他則搖手說不必謝。

「幸好很快就能拿到藥，應該也不會影響到視力，這都多虧了雷德。對了，不必付我診療費了，加到雷德的報酬裡吧。現在血針菇變得很珍貴，我會和其他診療所的醫生商量一下，然後謹慎使用的。」

紐曼從我這邊得知情況後，便拉起我的雙手，對我把血針菇採回來一事表示感謝。他還說要支付藥草費，但我拒絕了。

冒險者採集的東西只能賣給冒險者公會，禁止直接交易。若要交易則必須另外取得許可。我在這裡把藥草賣給紐曼會構成走私，所以轉讓是最安全的方法。

「等我實現夢想之後，還要仰賴醫生你的支持呢。」

「藥店嗎？像你這麼優秀的冒險者願意開藥店的話，所有佐爾丹的醫生都會很高興的。開張的時候務必知會我一聲，很多事情都要拜託你幫忙。」

「屆時還請你多多捧場了。」

對藥店來說，醫生是老主顧。

現在賣個恩情，讓他記住我的名字應該不吃虧。

紐曼又拉起我的手用力地握了一下，便回自己家了。

目送他的背影離開後，岡茲等人也向我鞠了一躬。

「真的多虧有你相助，我再次向你道謝。」

「那麼，趁還沒忘記的時候來談談報酬的事情吧。」

「好、好！你千萬別跟我客氣喔！」

「嗯，你放心好了，我會毫不客氣地拿走我最想要的東西。」

我將報酬的內容告訴一臉緊張的岡茲等人。

岡茲一開始還很驚訝，但很快就露出滿面的笑容。

＊　＊　＊

我坐在長椅上，一邊吃著從攤販買來的炸地瓜，一邊遙望著典禮。在舞臺那邊，長著濃密鬍鬚的特涅德市長正在對亞爾貝致上謝意，並頒發雙劍勳章。

在各地與魔王軍的戰火愈演愈烈之際，才打倒一頭鴞熊竟然就值得一枚雙劍勳章。用來表彰戰功的雙劍勳章反倒成為了佐爾丹的和平象徵，這讓我啞然失笑。亞爾貝將雙劍勳章掛在脖子上後，市民便發出歡呼聲。

「呿，他憑什麼啊？明明引發了森林大火。」

「岡茲你在喔，來這裡幹麼啊？你平常遇到慶典就會率先休假，但不是說今天不休假嗎？」

「講什麼鬼話，誰要為了那種傢伙的頒獎典禮休假啊。我只是來吃午餐的啦。」

岡茲手上握著籃子，裡面裝有三明治和油炸物等各式各樣的食物。

他在我旁邊坐下，從籃子裡拿出炸白魚吃了起來。

「在我看來，雷德你比那傢伙厲害多了。」

「喔，那我就收下這個囉。」

我從岡茲的籃子裡抽出一根香腸來吃。他露出生氣的表情後，又立刻張口大笑。

我們就這樣觀賞了一陣子亞爾貝的頒獎典禮。

「亞爾貝也在用自己的方式為這座城市打拚啊。」

「嗄？那傢伙有嗎？」

像岡茲這樣住在平民區的居民，相當看不慣依然帶有中央習性的亞爾貝。

王都流行的那種要穿好幾層的禮服，在佐爾丹人眼中看起來很悶熱。然而，市長和富裕階層都很樂意接受中央的風格，所以他在上流圈很受歡迎。亞爾貝之所以做出那種打扮和言行舉止，說不定是為了給上流圈留下好印象。

「不過，他也可能單純只是無法適應邊境地區吧。」

「你在說什麼？」

「就是亞爾貝啊。別太苛責他。他從中央流落到這裡，還以B級冒險者的身分待在連對付鴞熊都會陷入苦戰的隊伍，壓力應該滿大的。」

「是這樣嗎？」

「儘管如此，他還是很努力撐著。我相信引發森林大火也不是他願意的。」

「如果你覺得這樣也好的話，那就算了。」

岡茲一臉不滿地說道。雖然他認為應該是我……雷德要受到大家的肯定，但我想要平靜度日，不需要那種東西。

看到亞爾貝走下臺後，我便拍拍岡茲的肩膀向他道別。

明天還要去採藥草。而且我雖然有向公會報告森林大火一事，但必須查清楚火災蔓延的範圍才行。

既然要開藥店，就要比任何人都快一步掌握住剩餘藥草的位置。

因為我想要實現我在佐爾丹的夢想。

＊　＊　＊

「那道傷口……」

典禮結束後，亞爾貝與權貴人士聚完餐，終於剩下自己一人之際，他想起鴞熊被打倒時的模樣。

「那不是我砍的……我的劍無法造成那種傷口。」

那從側腹往上砍到肩口的傷口，像是用某種很鈍的刃具強行砍出來的。

「比如說，銅劍。」

亞爾貝的腦中閃過原本想找來帶路的D級冒險者。

那傢伙佩帶在腰間的……記得是銅劍。

「想太多了。」

亞爾貝搖了搖頭，嘀咕了一句：「再說，那傢伙也不可能出現在那裡吧。」

＊　＊　＊

從那之後過了四個月又兩天。雖然月曆上差不多要邁入秋季了，但佐爾丹依然持續著高溫不下的炎夏。山上也像是對其他地區流行的秋妝不感興趣似的，還是展現出一片綠意盎然的風光。

發生森林大火的現場已經全被植物覆蓋住，再也看不到黑炭了。

我來到距離市中心稍遠的區域。

這裡位於住宅區和工藝區的中間。從我居住的住宅區連排房屋走來要十分鐘左右。當然，是一般人的速度。

「你終於來啦。」

「雷德哥哥！你很慢耶！」

岡茲和坦塔揮了揮手。他們兩人都穿著整潔的禮服。

我也久違地穿上從租衣店租來的禮服。以前常常跟妹妹一起參加貴族和王族的聚會，所以我也有穿禮服的經驗，但自從離隊之後，這還是第一次穿。

他們兩人背後是一棟全新的建築物。雖然沒有多大，但蓋得很穩健牢固，看上去就會讓人覺得很安心。正面的入口掛著一張招牌。

「雷德藥草店」。

這就是我向岡茲要求的報酬。材料費我自己出，但工程費全免。如此一來，我當時的存款就夠用了。

而我們今天聚在這裡，就是為了慶祝店鋪順利完工。

「大家都在餐點前等著，快點、快點。」

「哦。」

當我感動不已地抬頭看著招牌時，坦塔就拉起了我的手。

走進屋裡就看到岡茲的木匠夥伴、冒險者公會的職員、醫生紐曼，以及我在佐爾丹結交的朋友等等，大概有二十個人正在等我。

「哦，主角來了。」

「雷德先生也完全習慣了佐爾丹的時間呢。」

我為了開店而在分類藥品，結果時間過得比我想像得還要快。換作在中央的話，主角遲到一定會引來撻伐，但在佐爾丹大家笑笑就沒事了。

我搔搔頭，向特地到場的人們道謝過後，餐會便開始了。

「今天的餐點是媽媽她們做的唷！」

彷彿自己的功勞一般，坦塔誇耀著母親做的料理。告訴他很好吃後，他就笑著回：「對吧！」

坦塔身上沒有留下任何白眼病的後遺症。他的雙眼依然像個少年熠熠生輝，和從前一樣帶著開朗的笑容幫岡茲和父親做事。

紐曼再次為了能夠及早用藥一事向我道謝。

「訂貨單應該已經寄出了，你收到了嗎？」

「嗯，明天傍晚就會請人送過去。」

頭號客人就是紐曼，他答應會定期訂購不足的藥草。

我去商人公會登記店鋪的時候，他也幫我說了幾句好話，還告訴我可以從商人公會借到開業資金，而且利息能抵銷第一年的會費。

雖說省了工程費，但我的存款幾乎都拿去付材料費了，所以這真的是好消息。我也不必擔心會因為繳不出第一年的會費而被剝奪營業權。

這是個非常好的開始。

「喂～你有沒有什麼抱負啊？」

岡茲朝我喊道。抱負嗎……問得太突然了吧。

但是所有人都在看我，總得說些什麼才行。

「呃，這個嘛……」

我原本想整理一下思緒，但又放棄了。

我不會再做那種表面工夫了。因為我現在不是騎士，也不是勇者的夥伴。

「託各位的福，我才能實現夢想，真的很謝謝大家。不過，我不打算勉強自己，而是用輕鬆愉快的步調來經營藥店。尤其是像今天這樣的大熱天，我也會想一邊喝冰茶，一邊和大家聊天。所以請你們不用客氣，盡量來玩吧。」

大家笑著為我送上熱烈的掌聲。

於是，我在佐爾丹展開了經營藥店的慢生活。

第二章 未成為勇者夥伴的公主

勇者露緹攻破四天王中的第二人——風之甘德魯以及其居住的天空城一事，也傳到了佐爾丹。

甘德魯率領無數飛龍騎兵所組成的航空戰力被譽為最強戰力，至少得派高出五倍的兵力才有辦法抗衡。不過這樣一來，魔王軍被削弱也是在所難免。

「露緹那丫頭很努力嘛。」

在佐爾丹這種邊境地區，魔王軍的威脅彷彿遠在另一個世界。佐爾丹的人們雖然也為聯軍的勝利感到歡欣鼓舞，但與其說是因為脫離了威脅，更偏向慶典那種喜悅。

匡噹的聲響打斷我的思緒。那是掛在門上的鈴鐺聲。

「歡迎光……什麼嘛，原來是岡茲和坦塔啊。」

「嗯，我們來找你玩囉，這裡還是一樣冷清耶。」

「要你管。」

外面在下雨。木匠每逢雨天就會休假。

也因為白天的氣溫會超過三十七度，使得佐爾丹人在這個時期基本上都提不起什麼勁工作。

冒險者們似乎也不想在這種又熱又會突然下雨的天氣工作，很多人通常夏天就會停工休息，靠冬天和春天存的錢過活。

不過，哥布林那種專司掠奪的種族，還有襲擊人類的魔物可不會因為夏天到來就發懶耍廢。

亞爾貝等責任重大的高階冒險者都被派出去應對這些問題。而我忙著籌措店內商品，最近幾乎沒在從事冒險者活動。現在更重要的是，必須想辦法解決來客稀少這個迫切的問題。

「你開店雖然才半個月，但營業額應該還不錯吧？」

「畢竟藥草也有批售給紐曼介紹的其他診療所。只是……」

「沒有一般客人。不過，這種時期大家八成都懶懶地窩在家裡嘛，可能連走到藥店的力氣都沒有。」

「我還準備了夏季感冒的藥耶。」

藥品也有使用期限。放好幾個月的藥品和藥草都不得不銷毀。

過去我都是採到多少就賣多少給冒險者公會，儘管收購價是藥品售價的五分之一以下，但兩相比較後還是讓我有點胃痛。

「別擔心，客人之後就會變多的。」

岡茲哈哈大笑，但我笑不出來就是了。

「對了，雷德，你已經吃過飯了嗎？」

「還沒。」

「好，那我們找個地方吃飯吧。」

「不了，我想減少外食的次數，我要在家煮。」

「咦？雷德哥哥會下廚嗎？」

「嗯，會喔，不會下廚可當不了冒險者啊。」

吃飯皇帝大。在辛苦嚴峻的旅途中，吃飯通常是唯一的樂趣。由於我覺得吃難吃的食物是一種折磨，雖然清楚自己對戰力毫無貢獻，但還是學了一些料理技能。

一開始受到艾瑞斯的強烈反對，不過露緹和其他夥伴都給予肯定，過了一陣子之後，艾瑞斯也不再抱怨了，反倒還厚著臉皮要求續碗。

對於老是拖累隊友的我而言，用餐時間是少數備受依賴的時候。

「沒想到雷德會下廚耶。」

「當然比不上擁有『廚師』加護的專業人士啦，但以外行人來說已經很不錯了喔。懷疑的話，要不要吃吃看啊？」

「可以嗎？」

「嗯，等我一下吧。」

這間店也有附設我的起居處。在格局上除了店鋪和儲藏庫之外，還有寢室、廚房、洗手間、客廳、調合工作間，以及培育藥草的後院。

仔細一想，雖然空間還滿寬闊的，但憑那點材料費真的夠嗎？搞不好是岡茲硬幫我做的。

我將儲藏庫裡存放食材的櫃子打開，思考要做什麼。

「馬鈴薯沙拉、培根蛋和番茄湯，就這樣吧。」

我將食材放進籃子，然後往廚房走去。

＊　＊　＊

「做好囉。」

我將餐點擺在客廳的桌子上。

「哦，我還在想你會端出什麼料理，看起來很正常嘛。」

「畢竟我不是『廚師』，能做的就是一般家常菜而已。」
我可能讓他們抱有太大的期待了吧。
我想表達的充其量只是以外行人來說算好吃而已，手藝本身並沒有多厲害……不過算了。
「那我開動了。」
飲料是加了檸檬碎塊的冰水。
餐後還準備了草本茶。這些都是採藥草的時候順便採的。
坦塔和岡茲用湯匙各自吃了一口培根蛋和馬鈴薯沙拉。
「味道怎樣？」
「……不會吧？」
岡茲和坦塔定住了。
「怎、怎麼了？不合你們的口味嗎？」
「不是……真的很好吃。」
「雷德哥哥，你好厲害唷！比媽媽煮的還好吃耶！」
講完這些，他們兩人不再說話，安靜地吃了起來。
我也暫時放下心，從湯品開始享用。嗯，連我自己都覺得很好吃。

吃完後，他們用滿足的表情喝著草本茶。

「不過，為什麼會那麼好吃啊？料理本身明明很普通啊。」

「哦，這個嘛，我猜應該是調味料的功勞吧。」

「調味料？」

山上除了藥草以外，還有形形色色的植物。

到山腰為止是熱帶到溫帶，再往山頂前進則是亞寒帶氣候，這座山採得到芥子、大蒜、肉桂及肉豆蔻等知名辛香料，還有豐富繁多的不知名香草群生叢聚。用這些材料做出的調味料會讓味道變得更好……我是這麼想的。

「這樣喔，我沒想到你是真的對料理很了解呢。」

「基本上都是野營時可以做的料理，比較講究的料理或運用奇特食材的料理我就不會了。」

「不，已經夠厲害了。你做的菜這麼好吃，要開店絕對不成問題。」

「你再怎麼捧我，我也只有茶可以招待喔。」

「這茶也很好喝呢。」

用來泡茶的香草也是在山上採的。我推測是以前住在佐爾丹的木妖精對香草進行過品種改良，後來這些香草就在山裡自然繁衍起來了。這塊大陸的許多蔬菜水果和家畜都是木妖精長時間改良野生品種後的成果。木妖精的國度在從前對上魔王的大戰中滅亡，留存至今的血脈都是與人類的混血後代。像岡茲和坦塔這些被稱為半妖精的妖精們都是木妖精的後裔。

然而，他們留下的自然科學相關知識也傳承給了人類。我的藥草和藥品知識都是從木妖精的書籍上學到的。

店鋪那邊傳來了鈴鐺聲。

「是客人嗎？我過去看看，你們在這裡稍坐一下吧。」

「好。」

下雨天還有客人真是稀奇。我連忙回到店門口。

「歡迎……」

進來的是一名裝扮奇怪的女性。

她全身罩著附兜帽的長袍，還用圍在脖子上的紅色方巾遮住嘴巴。

從兜帽縫隙可以看到她的幾縷流金燦髮。

她佩帶著兩把大曲劍，綴有獅鷲羽毛的劍柄從腰間露了出來。

佐爾丹的居民都認識她。

她是另一名B級冒險者，但實力遠在亞爾貝之上。她從不和人組隊，總是獨自行動，卻得到了相當於一支B級隊伍的評價。

如果在隊伍中發揮實力的話，她會是A級或在此之上的高手。

她的名字是莉茲蕾特，大家都簡稱她為莉特。她在佐爾丹似乎不用莉茲蕾特這個名字，而是以莉特的名義在進行活動。

莉特看到我便拉下兜帽，用彷彿映照出天空的藍眸凝視著我。

「……吉迪恩，你真的在這裡呀。」

這一刻終於到來了嗎？我不禁繃緊了表情。

她的真名是莉茲蕾特．渥夫．洛嘉維亞，是洛嘉維亞公國的第二公主。

雖然時間不長，但她過去曾是我和露緹的隊友。

英雄莉特是她的別名。她在洛嘉維亞的別名被冒險者公會記錄下來，在佐爾丹也同樣使用了這個名字。

＊　＊　＊

我請岡茲他們回去了。他們見到這名佐爾丹最強冒險者很震驚，還相當懷疑我們的關係，但我解釋是要商量藥品的事情，他們理解後便離開了。

而我們現在正隔著客廳的桌子相對而坐。桌上的茶沒人碰，兀自冒著騰騰熱氣。

「呃……那個……其實，我在這裡叫做雷德。」

「我聽說了。」

雖然莉茲蕾特在洛嘉維亞是第二公主，但她化名莉特，曾經溜出城堡去參加競技場，還以傭兵的身分上戰場對抗過魔王軍。

我們在旅途中遇到她，儘管一開始不對盤，不過我們將陷入困境的她救出來之後，一起突破敵軍的包圍去呼叫援軍，有過一段共患難的冒險。

她原本很猶豫要不要就這樣加入隊伍，但最後還是與我們道別，留下來復興因為戰爭而滿目瘡痍的洛嘉維亞公國。

我隱隱覺得，如果稍微改變一下措詞的話，她可能就會成為露緹的夥伴了。

「我表現得太活躍了，開始出現推崇我取代身為皇太子的弟弟成為女王的聲音，所以我在家中掀起騷亂前逃了出來，打算在邊境玩到輿論平息下來為止。」

佐爾丹的高難度委託都是由她和亞爾貝解決的。相較於亞爾貝總是以權貴人士為優先，通常會避開不划算的委託；莉特則會率先解決困難的委託，因此莉特比亞爾貝更受大眾歡迎。

不過我也懂了，如果理由是這樣的話，當冒險者就是一種興趣了。她是為了享受成就感才承接高難度委託，而且也從家裡帶了豐厚的資金過來，不愁沒錢花……

「話說，雷德這個名字……莉特，雷德，有點像呢。」

「對、對啊，其實我自己想不出名字，就參考了一下。」

其實不僅如此。我看向莉特的紅衣服。

在思考成為冒險者所要用的假名時，我想起最令我印象深刻的冒險者莉特的身影，所以會取雷德這個名字也有一部分是因為她。（註：雷德的讀音與紅色（RED）相同）

但太羞恥了，我說不出口就是了。

「……哦，原來是以我當作參考呀。」

「抱歉，取了這種容易混淆的名字。雖然事到如今也已經沒辦法更改了……但還請妳原諒。」

「……好開心！」

「咦？」

莉特拉起圍在脖子上的方巾，遮住嘴巴竊笑著。說起來，與她初次相會之際，看到她掩嘴笑的動作時，我好像就開始懷疑她可能來自上流階級。但公主這個身分真的是料想不到。

「原來你還記得我呀。」

「我當然記得，即使時間不長，但畢竟也曾是夥伴啊。」

而且還是個不按牌理出牌的武鬥派公主，肯定會留在記憶裡。

「夥伴……你現在還願意這麼說呢。」

莉特微微低頭，沉默了一會兒。

記得當初道別時，莉特曾說過「對我而言，你們是第一支足以稱為『真正的夥伴』的隊伍」這樣的話。

她第一次組成的隊伍，在面對強悍的魔物惡魔剪刀手之際，丟下她逃走了。

當時，同樣在追惡魔的我們與她會合，齊心協力打倒了敵人，從那之後，她的態度就軟化了許多……其實也沒有，她甚至為了掩飾害羞，還變得更愛跟我們唱反調。

露緹似乎覺得她很麻煩，但我看到她總像隻小動物一樣湊過來，覺得跟她說話很有趣，所以經常陪她聊天。

「所以，吉迪恩……在這裡要改叫雷德吧？雷德你怎麼會來這裡呢？」

「這個嘛……」

老實說，我不想坦承自己是被嫌累贅而慘遭踢出隊伍……但不解釋的話，她大概也不會就這樣罷休吧。而且還必須要求她保密。

沒辦法了。

「說來很丟臉就是了……」

我下定決心後，一鼓作氣地全盤托出。

＊　＊　＊

「這是怎樣嘛！」

我坦白說出一切後，莉特似乎發飆了。

「大家不是一直並肩作戰的夥伴嗎？這太奇怪了！」

「話是這麼說，但艾瑞斯講的也有道理。事實就是我真的是累贅。」

「那才不是事實呢，雷德你總是絞盡腦汁要讓隊伍的運作更順利吧！」

這麼說來，我也有意識到自己在戰鬥上是心有餘而力不足，所以確實花費了不少心思，試圖在其他方面派上用場。比如說下廚就是其中之一，另外還有照顧夥伴們的身體狀況、在新城鎮打聽消息、籌措消耗品、管理收支、與希望和勇者見面的權貴人士進行交涉……

「你根本做了一堆工作吧！」

「妳這麼說也沒錯。」

莉特一副無法接受的模樣，不斷低哼著。

「別那麼生氣啦，我有可能會因為跟不上戰鬥而在中途倒下啊。在演變成這種情況前退出，到佐爾丹開藥店未嘗不是一件好事。」

「我更想知道，少了付出那麼多的雷德之後，露緹他們真的不要緊嗎？」

「我想沒問題吧，他們好像還打倒風之四天王了。」

話雖如此，這個消息是輾轉經過許多人之後，才傳進遠離前線的佐爾丹。

打倒風之四天王一事應該不至於誤傳，但打倒的方法就沒辦法期待正確性了。

要說不擔心的話，那是騙人的……

「不過我都離隊了，再擔心也無濟於事吧？露緹也是一路跟我旅行過來的，相信她總會有辦法的。」

我無法否認這番話有一部分是說給自己聽的。

然而，我早就不是露緹的夥伴了。身為哥哥的我，能為心愛的妹妹做的事情……已經沒有了。

「這個話題就到此為止吧。在這裡說得再多，艾瑞斯也聽不到啊。」

「唔～也是啦。」

莉特看起來還是很不服氣，而我在安撫她的時候，不經意地看到了桌上的杯子。

「茶都涼了，我去重泡。」

「咦？不用了啦，怎麼好意思。」

「難得又見到了妳，我想讓妳在最佳狀態下品嘗到一杯細心沖泡的茶，而不是之前用現成的東西所泡的茶。」

我過去只會在城外營地或前線陣地做東西，所以都是拿現有的材料來下廚，或是從路邊草堆裡蒐集能當茶葉的少數幾種香草來泡草本茶，那些都不是萬全的狀態。但現在不同了，我調查過山上的植被後，挑選出不輸給市售品質的茶葉，用的水也是真正的純淨水，而不是藉由魔法製造出來、帶有一點礦物味的水。

看到莉特連忙要拿起杯子，我制止她後，返回廚房重新泡茶。

我把裝有水的鍋子放在火爐上加熱，不久便冒出了水蒸氣。

我認為臨近沸騰的溫度最適合泡這種茶葉，所以為了不錯過那個瞬間，我目不轉睛地盯著微微蕩漾的水，靜靜等待。

我忽然想起小時候為年幼的露緹做熱牛奶的事情。雖然當時沒有砂糖，但我把從森林採來的蜂蜜滴進牛奶讓露緹喝過後，總是板著臉的露緹先是一臉驚訝，然後看了看我，接著發現自己一口氣把杯子裡的牛奶喝到剩一半，便珍惜地小口小口啜飲起來……

喝完後，她用心滿意足的表情長舒一口氣。

露緹生來就擁有「勇者」的加護，也給人一種達觀超脫的感覺，但她當時像小孩子一樣喝著牛奶的可愛舉動，我依然記得很清楚。

「差不多了。」

我從火爐上拿起鍋子，將水倒入放了茶葉的茶壺裡。

一股茶香撲鼻而來，我輕輕地點了點頭。

*　*　*

「真好喝……」

莉特一臉滿足地嘆口氣。

雖然她的動作和當時的露緹截然不同，但我還是暗自感到很滿意。

「其實我那時候也很驚訝勇者隊伍野營的伙食這麼好，不過，用了更講究的材料之後，泡出來的茶甚至比宮廷的茶還要好喝耶。」

「妳這就恭維過頭了啦。我的料理技能只有1級，雖然應該有能力補正，但也絕對比不過專業人士的。」

「可是……」

莉特又拿起杯子喝了一口。

「……那麼，可能是因為這是你親自為我泡的茶，所以才會這麼好喝吧。」

她輕聲喃喃說道，然後紅著臉笑了起來。

我們最初相遇的時候，她並不是這麼坦率的人。於是，我回憶起還在勇者隊伍時的事情。

＊　＊　＊

記得第一次遇到莉特是在阿隆諾，那是在她的故鄉洛嘉維亞公國臨近南方國境的一個城鎮。

我們之所以造訪洛嘉維亞公國，是因為得知他們因為魔王軍的攻勢而陷入苦戰。洛嘉維亞公國是戰略要地，一旦被攻占就會導致很多國家遭到孤立，因此無論如何都必須守住這個國家。

當時的勇者隊伍是「勇者」露緹、「賢者」艾瑞斯、「武鬥家」達南、「十字軍」蒂奧德萊，以及身為「引導者」的我。

我們五人在酒館一邊吃飯，一邊交換各自在城中蒐集到的消息。

事情發生的時候，賢者艾瑞斯正在講述有人目擊到魔王軍斥候。

「喲，小姑娘，要不要一起喝一杯啊？」

耳邊傳來油腔滑調的聲音，我往櫃檯的方向看過去，便發現一個眼神不懷好意的駝背男人在跟穿著黑色兜帽長袍的女性搭話。

那是個臉頰削瘦、膚色看起來不健康的男人。

他腰間掛著一根用皮革層層捲住的鉛棍，那是名為包革金屬棍的武器，目的在於打暈對手，而非致人於死地。這東西也會用來抓奴隸，我在當騎士的時候取締過好幾次，所以我對這武器沒什麼好感。

「欸，別不理人啊。我叫狄爾，在桑蘭好歹也是名聲響叮噹的傭兵，妳應該聽過吧？沒有喔？算了，只要陪我喝一杯就行了，可以唄？」

男人探頭從兜帽的縫隙打量女子的臉龐。

「咻～很可愛嘛。」

男人吹了聲口哨，這麼說道。每個城鎮都有這種人。我和露緹站起身，朝男人走過去準備制止他的行為，然而……

「痛痛痛痛痛！」

長袍女子抓住男人放在她肩膀上的手反扭過去。

她就這樣用力地把男人推開，然後站了起來。

「妳、妳搞什麼鬼啊！」

她拉下長袍的兜帽。

只見一頭金髮輕輕搖曳，看似堅毅的蔚藍眼眸綻放出光采，她微微勾起一抹大無畏的笑容，居高臨下地看著被推倒在地的男人。

「可、可惡！」

男人試圖站起來，右手還為了發動魔法而準備結印。

「火球術嗎？」

那是引發火焰爆炸的火魔法，絕對不能在這種室內施展。我連忙要阻止他，結果在魔法發動前，她就拔出綴著獅鷲羽毛、內側為獨特的彎鉤狀曲劍，抵住了男人的脖子。

「你是不是找錯搭話的對象了？」

「對、對不起！饒了我吧！」

男人一副酒意全醒的模樣，蒼白的臉龐顫抖著，當下轉身就逃。

什麼嘛，原來不需要我們插手啊。

放下心後，我和露緹便打算回到原本的座位……但長袍女性那雙堅毅的眼眸移向我們這邊。

「你們覺得我需要幫助嗎？」

「看來是多管閒事了。」

我賠笑說道。

那個女性猛然伸出手指，指向我旁邊的露緹。

「沒錯，就是多管閒事！區區魔王軍，就算沒有勇者，我們洛嘉維亞公國也有辦法解決掉的！」

洋洋得意地如此放話的女性便是莉特——莉茲蕾特。

這就是我和莉特的初次相遇。

＊　＊　＊

洛嘉維亞的近衛兵都是經過重重訓練的一流戰士，住在山岳地區的山民還會提供豐富的木材。

連基層士兵都配置了以那些木材為燃料所打造出的高品質武器，因此洛嘉維亞公國絕不可能輸給魔王軍。莉特挺起傲人的胸部說明完後，便舉步離去了。

「我猜，她應該是特地在這裡等我們來吧。」

消息靈通的情報販子想必早就知道勇者要來洛嘉維亞了。

要找個地方落腳的話，就會選阿隆諾；要蒐集情報並集合的話，就會在城鎮的中心。如此一來，這間酒館便是最佳選擇……她大概就是這樣猜中的吧。

「…………」

露緹一臉不滿。看到她的表情，我便露出苦笑。

「雖然現在很少遇到這種情況了，但還沒從王都啟程的時候，不也是費了一番工夫才讓大家相信妳是勇者嗎？」

「我知道。」

儘管如此，露緹依然有點不高興地回到了座位。

＊　＊　＊

「我、我投降！」

十一名地痞流氓如今只剩下一人。男人按著挨揍的臉龐，丟掉了棍棒武器。

「真是的。」

這些男人全都是糾纏黑袍女子的男人分別花1佩利銀幣僱來的流氓。他們似乎打算埋伏起來，再伺機襲擊她。我在打聽消息的時候無意中得知這件事，便決定順手收拾掉他們。

「你、你該不會是那個女人的同夥吧？」

「不是，我跟她根本沒好好說過話，只在酒館見過一面而已。不過，就算我沒幫她，她大概也能輕鬆反殺吧。」

「那傢伙有那麼強嗎？」

「才一面之緣我也不清楚，但你們不知道嗎？她穿著黑色長袍，有著一頭金髮，使用的武器是曲劍。」

「你說什麼？那不是英雄莉特嗎？」

男人們一片譁然。

其中還有人撫著胸口，慶幸被我阻止了。

「英雄莉特？很有名嗎？」

「你是從外地來的吧？當然有名啦！說到洛嘉維亞的英雄莉特，那可是赫赫有名的最強A級冒險者耶……別說一枚銀幣了，就算捧來一千枚我也拒絕。」

「雖然是整個隊伍得到A級評價，但聽說幾乎是莉特一人的功勞喔。」

「她還是本國的競技場冠軍呢。尤其是在對付人型生物方面，她是無人能出其右的高手。」

這些流氓明明跟她素未謀面，卻都有點自豪地細數起英雄莉特的事蹟。

「原來如此，這樣確實是不會想對她出手。」

「當然啦，對她出手反而是我們遭殃哩。」

他們看起來不像在說謊。反正已經動手教訓過一輪了，而且他們也沒有得逞。

「好，你們可以走了。」

我擺擺手後，那些男人就看似欣喜地道謝離開了。

儘管拖著被痛揍過的身體，他們卻還是互相分享自己所知的英雄莉特的英勇事蹟。那副模樣有如小孩子一般，我不禁笑了起來。

翌日，昨天被我痛揍的其中一個流氓，帶著開心的表情告訴我，那個相信同夥在埋伏而單槍匹馬去襲擊莉特的男人，似乎被打個半死後逃離城鎮了。

「我就說英雄莉特惹不起吧。」

流氓仍舊是一副自豪的模樣。幾天後，莉特來到我們留宿的旅館。她什麼也沒做，只是一臉不高興地點了餐，沉默地吃了起來。

她有時候會瞪向我，然後嘴巴動了動，似乎有話想說，但最後還是一語不發地離開旅館了。

＊　＊　＊

「莉特那時候凶巴巴的呢。明明並肩戰鬥過幾次，卻總是在抱怨。」

「可、可是，你想想，調查山村那次我也坦率了不少吧？」

「呃……」

回想過去的記憶，我偏過頭。那叫做坦率嗎？

當時，我們和莉特的隊伍彷彿在競賽似的，調查著山中村落的異狀。

那裡是樵夫們居住的村子，村裡製作的薪柴都會成為洛嘉維亞的工房燃料。洛嘉維亞之所以被稱為軍事大國，就是因為工房大量生產優良武具，連基層都能得到配給。

但薪柴的供給突然停滯了下來，前去調查的冒險者和騎士也有去無回，於是便由我們去一探究竟。而莉特的隊伍也說他們要自己解決，硬是摻和進來。

「是說，今天也沒有進展嗎？」

黑袍少女……莉特朝我說道。

我坐在村中小廣場的圓木桌上，正在啃水果乾和餅乾這些保久食品。

「我看你連三天都很晚才孤零零地吃午餐。」

莉特竊笑著。現在是下午三點，以午餐而言確實算晚了。她在我對面的圓木桌坐了下來。

「就算是勇者，在情報蒐集方面也沒有多厲害呢。」

「是這樣沒錯。」

的確，「勇者」露緹對於情報蒐集並沒有「特別」在行。光就這一點而言，還有其他更多優秀的加護。

舉例來說，莉特的加護「精靈斥候」就具備能夠追蹤腳印和發現蛛絲馬跡等優秀的技能。

相對之下，我們基本上是以戰鬥能力為優先。調查方面都是交由「賢者」艾瑞斯和「十字軍」蒂奧德萊的魔法，或是以我當騎士的經驗來對應，不過並不是我們所擅長的領域。

我們的目的是對抗魔王軍，最重視的就是戰鬥的勝利。隻身潛入魔王軍的兵營，打倒敵軍指揮官之類的作戰可說是家常便飯。

「哼哼，我們的調查可是很有進展喔。」

莉特洋洋得意地說道。

「是喔。」

「想知道嗎？」

「對啊，告訴我吧。」

「那你說『小的愚笨，懇請莉特大人指點』，我就告訴你。」

「小的愚笨，懇請莉特大人指點。」

「咦？」

聽到我這麼說，莉特臉上那不懷好意的笑容就消失了。

「犧牲我的自尊就能拯救洛嘉維亞的話，簡直太划算了，要我說幾遍都行。」

「你、你幹麼啦，我又不是那個意思……對不起嘛。」

「呵。」

這次換我竊笑了，而莉特則滿臉飛紅地瞪我。

「你是怎樣？突然笑起來。」

「沒什麼，就是覺得，原來莉特也會乖乖道歉了啊。」

「你、你這傢伙！我不告訴你了！」

「抱歉啦。所以，妳那邊查到了什麼情報？」

我似乎惹莉特不開心了，只見她撇開臉抗拒了一下子，但到頭來還是誇張地大嘆一口氣，說了句「真拿你沒辦法」，便開始告訴我情報。

「我調查過村子周遭，北方有近期頻繁出入的足跡。」

「北方啊，記得那邊有用來進行砍伐作業的山中小屋。」

「但是，目前正在進行砍伐的是東北地區喔，我親眼確認過了。」

「妳的兩個隊友現在也在監視那裡吧？」

「原來你知道啊？」

「當然了，雖然不擅長調查，但還是看得到眼前人們的動向。」

「哼。既然如此，你怎麼知道我派了兩個人在那裡？」

「因為照理說木材的供給已經停滯了，砍伐作業卻照樣在進行啊。」

莉特感到無趣似的瞪著我。

「什麼嘛，一副無所不知的模樣，你這人真沒勁。」

「謝謝誇獎。那妳知道砍下來的樹木消失到哪去了嗎？」

「才埋伏三天而已，還沒有收穫啦。」

「沒有搬運木材的痕跡嗎？」

莉特的臉龐蒙上一層陰影。

「這個嘛……目前還沒找到。」

「是魔法吧？」

「應該是。」

遇到莉特這樣的冒險者，要搬運木材這種巨大物品卻不讓她追查到一絲痕跡是不可能的。

那麼，我能想到的，只有用魔法讓木材飄在空中，或是縮小成裝得進袋子的大小，又或許是用空間收納（Portal）來搬運。

「你覺得村民為什麼沒有求助？」

「可能有人質吧。這村子的老人和小孩都少得要命，但家裡卻收著玩具之類的育兒用品。」

這三天來，我趁沒人在的時候把民居都調查了一遍。

雖然沒有找到躲起來的人，但家中的生活感和實際居住的人數讓我覺得事有蹊蹺。村民的父母或孩子大概被抓去當人質，迫使他們只能言聽計從吧。

我的夥伴們在村外分頭進行調查，尋找人質的所在地。村裡就由我一個人負責，所以我才會像這樣獨自吃午餐。

「這表示對方具有管理人質的組織能力。」

「既然如此，那就不是路上的盜賊或哥布林幹的吧？」

「我本來就已經猜到囉。」

我們為了確認彼此結論是否一致，同時揚起聲音說道：

「「魔王軍。」」

該說果然不出所料吧，我並不意外。

不過，若是牽涉到魔王軍的話，幕後黑手想必不好對付。

「我說莉特，我們現在應該要一起行動吧？」

「嗄？我跟你們？少開玩笑了！」

莉特站起身，一根手指直直指著我。

「就算沒有你們的協助，區區魔王軍我三兩下就收拾乾淨了。魔王軍之前襲擊過兩次，但都被擊退了，洛嘉維亞才不需要什麼勇者呢！」

「可是，過往攻打進來的都不是主力軍，而是獸人部隊吧？這次有惡魔士兵的步兵方陣（Tercio），風之四天王甘德魯麾下的飛龍騎兵也會隨行，指揮官還是魔王泰拉克遜的同族，阿修羅惡魔的將軍。」

「那又怎樣？」

對於我的警告，莉特用鼻子哼笑了一聲。

「洛嘉維亞公國自建國以來，從未發生領土遭奪的情形。無論是五十年前哥布林王穆爾加爾加橫行肆虐之時，還是七十年前爆發雷龍戰爭（Lightning Dragon War）之時，洛嘉維亞都不曾吃過敗仗。我們這次一樣會親赴戰場，然後拿下勝利，僅此而已。」

「但五十年前的戰爭中，妳的叔祖先王向中央求援了。明知有提高勝率的方法卻不用，這總不會是洛嘉維亞的榮譽吧？」

聽我這麼說，莉特頓時語塞，視線游移了一瞬。

「為什麼你對我國歷史這麼清楚啊？」

「若不了解對方，要怎麼並肩作戰？貴國先王是了不起的英雄，沒幾個國家能安然無損地撐過那次哥布林暴增的混亂局勢。」

莉特漲紅了臉，她用脖子上的方巾遮住嘴邊。

不過，她隨即露出認真的表情，用意志堅定的眼眸凝視著我。

「看來你做過了一點功課嘛……但是不行，這件事我要自己解決，這樣父親也不用把近衛兵隊的一部分指揮權交給勇者了。」

「……這樣啊。」

這就是莉特如此執拗不悟的原因。

她所尊敬的師父蓋烏斯是近衛兵長，而她的父親洛嘉維亞國王指示蓋烏斯把一部分的指揮權移交到我們手上。

莉特怎麼也吞不下這口氣，再加上她本來就屬於溜出城堡自由過活的性格，所以想證明他們自有辦法應戰，不需要依賴勇者的協助。

但以我們的立場而言，能夠借到洛嘉維亞最強的近衛兵隊，即使只有一部分也同樣意義重大。及早得到可以自由調派的部隊就不會造成遺憾的事情，畢竟從過去至今已經發生太多次了。

因此，在解決山中村落面臨的危機上，我們和莉特他們各有各有的盤算。

「那就沒辦法了。」

不管說什麼莉特大概都不會讓步吧。只能透過解決這樁事件，以及今後與魔王軍的戰爭來讓她了解並認可我們。

「妳知道會是在北方的哪一帶嗎？」

我攤開地圖。莉特則嘆口氣，坐在我旁邊探頭看地圖。

我將袋子和水筒遞給她，袋子裡裝著我剛才在吃的餅乾。

「幹麼啊？」

「妳那邊吃東西也不方便吧？」

我之所以待在村子裡卻還在吃自備的乾糧，就是在提防被人下毒，畢竟不曉得被以人質要脅的村民會做出什麼事情。雖然目前住在村長家，但在廚房發現了有毒的紅蘿蔔乾，只不過對方表示是用來驅鼠的。

最重要的問題是，即使已經識破被下毒一事，他們還是會出於命令而繼續下毒。對莉特——莉茲蕾特這名洛嘉維亞王族下毒，就算是被逼的，光是這個事實就足以被判處極刑。

因此，我們和莉特他們打從第一天就拒絕了村裡提供的飯菜，靠自備的保久食品湊合著吃。不過，就我所看到的，莉特他們吃的都是鹽漬的肉和蔬菜，雖說不差，但連吃好幾天一定會膩。

「要是很難吃的話，我可會生氣喔。」

「嗯……」

儘管嘴上這麼說，莉特依然老實地接過袋子，拿起烤得偏硬的餅乾吃了起來。

「怎麼樣？」

她有一瞬間揚起了嘴角，我看得一清二楚。

「很、很一般般啊。」

見她連忙掩飾，我忍不住笑了。而她雖然憤憤不平，還是伸手拿了下一塊餅乾。

「這是在哪裡買的？洛嘉維亞應該沒有吧？」

「嗯，這是我自己做的。」

「什麼？你說這餅乾？自己做的？」

莉特一臉驚訝地來回看著我和餅乾。

「為什麼要自己做？」

「每天吃鹽漬的保久食品會膩啊，烹飪技術在長途旅行是不可或缺的。」

莉特啃著第二塊餅乾，思忖了一下。

「嗯，你說的沒錯。」

她坦率地點了點頭。

「喏，我是不是很坦率？」

莉特針對當時那句話這麼說道。

「有嗎？」

雖然聊起往事令人會心一笑，但對於莉特表示自己很坦率這一點，我不得不打上一個大大的問號。

莉特似乎也因為回想過去的自己而覺得好笑，臉上同樣帶著笑容。

「再說，當時我們好不容易找到藏在北方據點的惡魔剪刀手，結果一起奮戰過後，妳記得自己說了什麼嗎？」

「……我忘光光了。」

「『還算有點本事嘛……但別搞錯了，我剛才只是有一點點認可你們而已！真的只有一點點而已喔，你們可別得意忘形啊！』沒錯吧？」

莉特雙手摀著臉伏在桌上。

「嗚嗚，我也有很多苦衷嘛！」

我模仿她當時為了掩飾害羞而裝凶的模樣，這行為看來讓她很難為情，連耳朵都變紅了。

當莉特真正變得坦率起來，應該是在跟那支魔王軍的將軍——阿修羅惡魔錫桑丹決一死戰的時候吧。雖然那場戰役的結果，絕對稱不上值得高興就是了……

* * *

莉特與洛嘉維亞的冒險者們原本要從敵軍大本營後方進行突襲。

魔王軍的襲擊隊步步進逼，指揮官是六臂將軍錫桑丹，他與魔王泰拉克遜同屬一支種族，也就是組成魔王軍主力部隊的阿修羅惡魔。

這次來襲的不是獸人，而是惡魔重裝步兵隊與飛龍騎兵，連洛嘉維亞的精銳兵也抵擋不住，國內已經有許多堡壘、城市、聚落都遭到壓制，戰局陷入劣勢。這一戰若是敗北，洛嘉維亞便沒有未來可言。

對敵人展開佯攻的是莉特的劍術師父，即近衛兵長蓋烏斯和近衛兵隊。

原先溜出城堡當個冒險者四處闖蕩的莉特，也因為城池淪陷的危機而返回，與我們一同守住最後防線。

她被譽為英雄莉特，又成功守住瀕臨淪陷的西門，但即便如此，多數騎士依然反對她的突襲作戰，說太危險了。

只有蓋烏斯力排眾議支持她的作戰計畫，且承諾會出動自己的兵力。

然而，當時真正的蓋烏斯已遇害，那是錫桑丹用魔法變身後頂替的。

指揮官變成敵人的情況下，縱然是精銳的近衛兵隊也無從對抗，最終盡數覆滅。

莉特的部隊本來打算從後方進行突襲，卻遭到準備萬全的魔王軍團團包圍，只能坐以待斃。

「你把蓋烏斯……把師父怎麼了！」

「吃了啊，因為我需要他的記憶，『我親愛的弟子』。」

錫桑丹用她敬愛的師父的語氣如此說道。莉特怒吼著撲向他，但立刻就被無數魔物捉住並按倒在地上。

「用妳受領民尊崇的英雄外貌來奪取這個國家肯定不費吹灰之力，不知妳覺得怎麼樣啊？」

說完，錫桑丹用蓋烏斯的面容笑了起來，莉特的淚水終於潰堤。

重要之人亡故，而且從現在開始，其他重要的人們也會一個一個因她而死。

因此她哭了。戰役結束後，莉特對我傾訴了這一切。

當時，她聽到「咻！」一道破風聲。

下一瞬間，我的劍就插在錫桑丹的肩膀上。

「喂，吉迪恩！這比原來的計畫還要快啊！」

艾瑞斯的抱怨聲傳來。隊友還有二十秒才會抵達包圍網，我的腳程比隊友還要快，因此先一步來確認敵軍的情況，但在與其他人會合之前，我就沉不住氣地衝出去。

敵軍頂多混亂十秒，之後他們就會保護錫桑丹。在缺少隊友的情況下，要討伐錫桑丹會比較困難一點，然而——

「我怎麼可能放著莉特不管！她可是夥伴啊！」

我這麼喊道，然後砍倒壓制著莉特的魔物。

這把劍以前是死靈騎士守護地下墳墓的愛劍，據說是一把只要揮動就能喚醒雷電的寶劍。

「喚雷劍」出鞘後，劍身沐浴在夕陽下熠熠生輝，魔物畏懼地往後退去，彷彿是害怕打雷的小孩子。

我們在緊要關頭得知蓋烏斯遭到殺害，便追著莉特而來。

「吉迪恩……」

「莉特，收起妳的淚水！如果妳也是勇者的夥伴，那妳就該拔劍對準仇敵，而不是在這裡哭！」

「嗯、嗯！」

莉特用被泥濘弄髒的袖子擦掉眼淚，恢復戰士的表情，拾起掉在地上的劍。

「露緹他們應該不用一分鐘就能突破重圍，在那之前要阻止蓋烏斯……阿修羅惡魔從這裡逃走，辦得到嗎？」

「沒問題！」

「很好！」

我們朝仍處在混亂中的錫桑丹砍過去。

「竟然是勇者？」

錫桑丹看著衝過來的露緹叫道。

即使還沒抵達現場，但想必勇者的武威足以削弱錫桑丹的劍氣吧。
我們一邊保護著彼此的背後，一邊大吼著揮劍攻向四周湧來的無數魔王軍。

＊　＊　＊

與久別多時的摯友聊起往事後，感覺時間過得特別快。不知不覺雨停了，佐爾丹的太陽已經離地平線相當近，大概再過不久太陽就會染紅，降下暮色包圍住佐爾丹。
儘管如此，我們依然隔著桌子相對而坐，繼續重憶當年。
後來出現了一瞬間的沉默。這時，莉特游移了一下視線之後，開口了。
「雷德，問你喔。」
「什麼事？」
莉特注視著我的雙眼。
「我可以在這間店工作嗎？」
「咦？」
我不禁發出呆傻的聲音，沒想到她會蹦出這句話。
「雷德&莉特藥草店，不覺得這個店名唸起來也很順口嗎？」

「慢、慢著，妳可是佐爾丹唯二的B級冒險者耶。」

「我會引退的。」

「不不不，先等一下啦！」

莉特到底在說什麼啊？

竟然想在一間從中午到傍晚都沒有客人的店工作。

「就像妳看到的，我這間店才開沒多久，生意也不好，沒有閒錢請人喔。」

「但你去採藥草的時候，誰來給你顧店？要是整段期間都關店也太可惜了。」

「唔，這個嘛，是這麼說沒錯，但根本沒客人啊。」

「先別擔心客人這些問題，你才剛開店而已吧？今後會愈來愈多的。我參觀一下店裡喔。」

「唔唔？」

莉特站起身，在我的店裡逛了起來。

「店裡有一個櫃檯，兩側立著陳列架。嗯嗯，真簡約呢。」

「因為我只有擺出一般藥草和藥品而已，數量較少的商品和需要謹慎保管的商品會存放在儲藏庫裡，或是種在後院。」

「工作間很寬敞耶，這樣也可以讓助手使用呢。」

「雖然我暫時沒有請人的打算，但應該夠我跟妳一起使用。」

「然後是廚房、洗手間、寢室和剛才我們用來聊天的客廳，你這間店很棒嘛。」

「對吧？」

莉特一邊應聲點頭，一邊喃喃自語著什麼。

我仔細一聽，才發現她似乎是在算東西。

「考慮到佐爾丹的經濟規模和雷德的技能，扣掉經費、設備維護費和稅金後，月收大概是180佩利銀幣吧。」

「什麼？……是這樣嗎？」

光是把花兩天採來的藥草賣給冒險者公會就能賺100佩利左右，但開店一個月竟然只能賺180佩利。

「不會吧，藥草我會自己採，所以不用算原料費喔。」

「就算是藥草，也不會消耗掉太多呀。公會是把藥草批售給藥店，但你的販售對象是顧客和醫生吧？所以採來的藥草要花一段時間才賣得完。我想，一個月採一次藥草應該就夠了。」

「唔呃……」

有這麼不好賣嗎？藥草的用處明明很多。

「再說，你可能因為很快就當上騎士，之後也都在和勇者一起冒險而忘了，一般人每個月的生活費大概就30佩利喔。」

「嗯，這我知道……」

「普通藥店一個月能淨賺150佩利的話，生意已經算是相當興隆了。我剛才說的180佩利，是指附近居民都知道你這間店，並且充分發揮出事業潛力之後所估算的結果喔。」

冒險者公會收購藥草後，會以更高的價格賣給藥店或旅行商人。雖然我直接賣給這些對象應該更賺，但仔細想想，能夠總是這麼好賣是因為冒險者公會有足夠的銷路。

個人商店即便有儲備藥品，要賣完也需要花點時間。

我原以為開了店就有辦法，但看來是太天真了。

「不過也是，生活費有30佩利就夠了呢。」

如同莉特所說，我很快就當上騎士，後來也一路平步青雲，還獲得巴哈姆特騎士團副團長的頭銜。當時的生活費大約一個月3000佩利，過著相當於上級貴族的生活，不僅住的地方是宮廷用地內的宅邸，還有照顧生活起居的女僕。和露緹旅行的時候，與魔王軍戰鬥的戰利品、地下城的財寶等等合計起來就有數萬佩利的收入，而購買高價靈藥、陸陸續續地更換以稀有礦石打造的武器等等的支出也非常可觀。

我對他人的經濟狀況可能有點不夠敏銳。

「我都沒注意到……話說妳很懂耶。」

「我好歹也是公主嘛，在宮裡學了很多東西，而且我外出的時候不是當過很多間店的保鏢嗎？那些店家也會跟我聊經營的話題。」

莉特挺起胸，一副洋洋得意的模樣，讓我想起剛認識沒多久時那個好勝的她，不禁笑了出來。

「另外就是，我覺得最好準備一些獨門祕藥……不過，你的正職不是『藥師』，可能沒有多少調合配方……」

「唔，這個的話，我有算是很罕見的配方喔。」

「咦，有嗎？」

其實研發調合配方跟技能無關，配方純屬知識問題，跟技能有關的只有調合藥品的階段。

但就算發現有用的配方，若不具備等級相應的技能也沒辦法實際做出藥來，所以現實中一般認為必須擁有「鍊金術師」或「藥師」的加護，才能研發出新的調合配方。

不過我一直在摸索沒有固有技能的情況下能做些什麼，而且在旅行途中也有機會接觸到現代、過去，甚至是木妖精和滅絕於遙遠過去的古代妖精時代的文獻，汲取其中的知識。

在調合知識方面，我有自信絕不會輸給專業的「鍊金術師」。不過，要是把這件事告訴別人的話，感覺事情會變得很麻煩，所以我不會說就是了。

「記得應該是放在儲藏庫裡吧。」

我和莉特來到儲藏庫。

「可以在佐爾丹做的獨創藥是這兩種。」

我從抽屜取出裝在廉價藥水瓶裡的灰色藥，以及只有小指頭大小的藥丸。

「有什麼效果？」

「我把這個藥水取名為增量藥水。」

「增、增量藥水？」

「嗯，以五倍的比例加入現成的魔法藥水攪拌過後，原本的藥水就會增加為五瓶的分量。」

所謂的魔法藥水並不是具備藥草所賦予的效能，而是封入魔法的藥水。白莓經常用來當作魔法藥水的觸媒。

白莓本身對人體沒有特殊效果，但使用白莓的萃取液，或是配合想貯存的魔法來使用各種相應的材料，便可以將魔法封入藥水。

喝下魔法藥水後，就能獲得等同於發動魔法的效果。

只不過，由於不喝就沒有效果，因此做成藥水的魔法以治療和輔助較為普遍。即使將攻擊魔法做成魔法藥水，也必須讓對方喝下去才會產生效果。

但是，魔法藥水的價格極其昂貴，像是封入1級回復魔法、每個城市都有流通的治癒藥水也要價50佩利，那是一般人、基層傭兵或衛兵遭遇生命危險的時候才會使用的救急藥品。

不過，冒險者一旦升到C級以上，每次戰鬥結束都要一邊狂灌治癒藥水，一邊對付強敵就是了。

「增量藥水的材料費大概5佩利，若要上市販售的話……我、我覺得，可以賣四倍的價格，也就是20佩利左右。考慮到能用這個做出四瓶市價750佩利的特級治癒藥水，所以我想，呃，應該會賣得很好……吧……」

莉特就這樣拿著增量藥水，神色凝重地盯著看。

奇怪，我還以為這是劃時代的產品。旅行時，我也用增量藥水來增加特級治癒藥水和魔力藥水，連艾瑞斯也老老實實地在使用，一句抱怨都沒說。

「這個……不能賣啊。」

「不會吧……有什麼缺點嗎？」

我垂下肩膀。唉，我原本對這個藥水很有自信的，沒想到不能賣。

「不是有什麼缺點，而是賣這個東西會造成藥水價格出現大變動啦！因為只要付過去的五分之一價格就能買到呀！」

「可、可是能夠增加的只有藥水而已，所以我想應該沒問題才對。」

「這種藥水本身的存在就是一大問題啊……若是拿來賣的話，冒險者公會、商人公會、魔術師公會、聖方教會，可能連盜賊公會都不會坐視不管的。」

我本來想笑，但看莉特的表情似乎不是在開玩笑。

「不過，這只是藥水耶，又不是價值超過一萬佩利的魔法道具。」

「那種魔法道具都是訂製的單一物品吧？主要會影響經濟活動的是便宜且人人都能使用的藥水。」

莉特原本目不轉睛地盯著我一臉為難的表情，但忽然眼角一彎。

「噗呵呵……呀哈哈哈哈！」

她隨即開懷大笑，並用力拍了拍我的背部。

我滿頭問號，只能目瞪口呆地看著她。

「對不起，不過，我總算放心了。」

「放心？」

「我呢，一直覺得你是個很厲害的人。總是很冷靜，什麼事都難不倒你，面臨與魔王軍的可怕戰役，你也能一臉淡定地攻入敵陣……當我萬念俱灰的時候，你就像閃電一樣出現，救了我一命……我過去總覺得你是個遙不可及的對象。」

「我沒那麼了不起啦。」

「不，雷德，你確實很了不起，若能按照程序將這個藥水推到市面上，想必會造福很多人，也能為與魔王軍的戰爭作出貢獻。不過呢，我剛剛才知道，原來你也有不懂的事情和少根筋的地方呢。」

不知道是哪裡讓莉特覺得這麼好笑，她笑到眼淚都流出來了。

我沒想到她在心中把我美化到這種程度。認識她的時候，我的戰鬥能力已經開始落後隊友了。從錫桑丹手中救回莉特後，艾瑞斯和達南也因為我貿然行事而臭罵我一頓。

「妳對我幻滅了嗎？」

「沒有，我更想和你在一起了。」

莉特停住笑，用手指拉起方巾遮住嘴巴，移開了視線，總覺得她耳朵很紅。

我也將視線從她身上移開，支支吾吾了一下子，搔了搔後腦勺，煩惱著該怎麼接話才好。

「呃……嗯，有道理，看來我一個人要做生意也不容易。」

沒錯，承認吧。我並不討厭她的好意。倒不如說，我開心到自己都嚇了一跳。

這一定是因為，莉特是我還叫做吉迪恩時期的夥伴。對於自我價值遭到否定，被逐出勇者隊伍的我來說，莉特願意認可我這件事……會讓我覺得，當時清楚自己是拖油瓶卻依然拚命跟上大家的那段旅程，並不是毫無意義。

「妳有空再來就可以了……而且我也付不起多高的薪水……不過，妳願意幫忙的話，我會很高興。」

「嗯！不要說什麼有沒有空，我會一直跟你在一起的！」

莉特這次沒有用脖子上的方巾遮住嘴巴，而是露出一口皓齒笑了。

* * *

原本要順勢回客廳，但還有一種藥沒讓莉特看。

「呃，再來就是，這個藥丸是我來佐爾丹之後才做的。」

「你可別告訴我這個藥丸具備跟特級治癒藥水相同的效果喔。」

「哪有可能啊，這是新型麻醉藥啦。」

「麻醉藥？」

外科治療所使用的麻醉藥具有很高的成癮性，許多患者即使傷勢痊癒，卻又不慎藥物中毒。儘管如此，若治療時不使用麻醉藥的話，那種痛苦連冒險者也難以承受，痛楚與出血也有可能造成休克死亡。

就算將中毒的風險納入考量，麻醉藥還是不可或缺的藥品。

「但是，能去掉成癮性的話，當然去掉最好吧？這是在暗黑大陸旅行過的冒險者在日記裡提到的藥品，製作材料在佐爾丹也有生長，可能是木妖精帶進來的。總而言之，這就是這樣的新型麻醉藥。市民應該用不到，所以我打算賣給醫生或冒險者……妳覺得怎麼樣？」

「嗯，這個沒問題，應該能創造很好的收入……不過，最好還是要先得到佐爾丹議會的批准。」

「議會？」

「雖說成癮性低，但依然是麻醉藥，一定會有人動歪腦筋想當作毒品來用。所以，先取得議會的批准，讓他們之後沒辦法下令禁止販售。」

「的確是這樣。」

「我無法預測新藥的銷售情況。如果城裡對於麻醉藥的需求全部由我們承接的話，應該會帶來不少收入，但那樣可能會出現供不應求的情形。」

「畢竟只需要通用技能的初級調合而已，僱用人手就能立刻增加產量。」

聽到這句話，莉特頓時停下動作。

「也對，都是雷德太厲害讓我忘了，這種藥用初級調合就能做呢。」

高效的麻醉藥幾乎都必須用到中級調合的技能。從這方面來看，這種藥很適合由我來做……

「藥本身是很棒，但沒有正規加護也做得出來的話，可能是個問題……」

「是、是嗎？」

「不過，城裡的人應該不曉得你的加護比較特別。如果單純拿來賣的話，只要讓大家以為你擁有能夠使用中級調合的加護就行了。」

「但只要有『藥師』的上級技能『調合分析』，就可以透過藥查出調合配方。」

「你的加護相關知識真的很豐富呢，一般人是不會知道上級固有技能的。」

了解對手的加護，就是了解對手的本領。撇除掉少數例外，魔物的加護也是相同的條件。

雖然也有幾個種族專用的加護，但大致上和人類一樣，特別是在魔物的世界中，「鬥士（Warrior）」、「蠻人（Barbarian）」、「盜賊（Thief）」、「妖術師（Sorcerer）」和「祈禱師（Adept）」這五種加護很多，只要了解這些加護的能力，就可以預測對手的戰鬥方式。

尤其是因為我無法依賴技能，所以才會像這樣用知識來彌補。在場的莉特擁有「精靈斥候」的加護，我很早就察覺到精靈魔法是她的隱藏招數。

當我在戰鬥中難以有所表現之後，我甚至有一段時期會攻入敵陣掌握對手的能力，再將對策告訴隊友。

不過，後來愈來愈常對上屬於加護法則例外的魔王軍主力部隊——阿修羅惡魔，這個作戰方式就行不通了。他們是唯一連動物都具備的加護都沒有的存在，被稱為神的失敗作。

然而，雖然沒有加護，但據說阿修羅惡魔可以與彼此融合，藉此獲得新的能力。

我不確定這個情報是否正確，不過阿修羅惡魔擁有我不知道的技能體系是個不爭的事實。

「照理說，佐爾丹沒有會使用上級技能的『藥師』，在這塊地區內做生意應該沒問題。你一個人來做的話，能夠轉手給旅行商人的數量也很少。」

「太好了。如果有客人問起這件事，我就說我擁有可以使用中級調合的加護。」

「麻煩你了。不過，也有可能會被問到為什麼沒在賣中級調合能夠做的藥，所以沒人問就別說喔。」

「我不會特地主動去撒謊啦。」

不說謊是最好的。只要不說謊，就不用擔心謊言被拆穿。

聽說以前的「勇者」也講過「沉默是金」這句話。

「以前的勇者呀……」

莉特說著，看起來有很深的感觸。在木妖精們掌握著大陸霸權的時代，被視為曾經與魔王一戰的昔日「勇者」，由於相關故事近似童話，很多人懷疑是否真有其人。但現代「勇者」露緹的出現，證明「勇者」的加護確實存在，因此也開始針對昔日「勇者」進行重新評估。

聽說，考古學家和吟遊詩人們為了尋找「勇者」的紀錄與事蹟，正在四處調查古城的書庫和廢都的壁畫等等。

「但這些事跟現在的我無關就是了。」

沒錯，這已經與我無關了。

＊　＊　＊

看來我們在儲藏庫聊了很久，不知不覺中夕陽開始西下，紅色晚霞彷彿隨時都會被夜色吞噬。

「對了，妳要吃飯嗎？」

「要！」

得到如此開心的回應，下廚的人也會開心起來且充滿幹勁。

我前往廚房，思索要做什麼菜。

「不過我也沒去買菜，用現成材料的話……」

我用力將雞腿肉剁塊，與水和磨好的薑末一起燉煮。等肉煮軟後，再加入切成一半的馬鈴薯和水煮蛋。

當馬鈴薯變軟，就加入麵條(Pasta)，然後用鹽巴和香草調味……如此就大功告成了。

這是南方風味湯麵。旅行時把煮麵水倒掉很可惜，所以我常常做成湯麵。這也是在那種情況下學到的食譜，希望莉特會喜歡。於是，我帶著些許緊張，把裝著料理的容器端過去。

＊　＊　＊

「好好吃唷！」

「那真是太好了。」

莉特取下脖子上的方巾，正坐在桌邊津津有味地吃著我做的料理。

看到客人吃得那麼滿足真的很令人高興。

「以後每天都吃得到雷德做的料理了呢。」

「嗯？可以啊。」

看來她打算天天來這裡吃飯。

不過也無妨，為夥伴準備餐點也是我的樂趣之一。

「早餐幾點吃？」

「唔，這個嘛，七點半左右吧。」

「那就得早起了呢。我成為冒險者之後，沒事做的日子一不小心就會窩在床上遲遲起不來，今後要改掉這個壞習慣才行。我會加油的！」

看來她打算早餐也在這裡吃。這樣一來，就是一天三餐都在我家吃了吧。但我畢竟給不起正常的薪水，幫她準備三餐也無不可。

感覺餐桌從明天起會變得很歡樂。

「對了，蓋間浴室吧，我會出錢的。」

「浴室？有的話我當然很開心，但讓妳做到這個地步滿不好意思的。」

「沒關係、沒關係，因為我也要用呀。」

……看來她還打算在我家洗澡。嗯？

「你這裡只有一張單人床吧？明天還得去買床呢。」

「嗯、嗯？」

「把必要的私人物品帶過來就好了，家具之類的就放在之前的房子裡吧。」

太小題大作了吧，看這情形簡直像是……

「哈哈！簡直像是妳要住在我家一樣。」

「哈哈！我會搬過來，當然是住在這裡囉。」

「咦？」

「咦？」

慢著，什麼時候變成要搬到我家來了？確實是因為附設店鋪的緣故，房子算是滿寬敞的，但居住空間本身可沒有多大啊。

「因為我剛才不是說過了嗎？要卸下冒險者的身分來這裡工作。」

「嗯，妳是說過……咦？為什麼因為這樣就要搬家？」

「都要卸下冒險者的身分來這裡工作了，順便住進來的話，各方面來說都會比較方便吧？」

「原、原來如此，是、是這樣嗎？」

「是呀。」

「是嗎?」

是這麼一回事嗎?

呃,我整理一下情況……簡單來說,就是莉特要住在我家吧?

「……嗯、嗯?不不不,先等一下,這樣好像不太妥?」

「不妥在哪?」

「畢竟一起生活的話,會有很多不便。」

「你真是見外耶,我們之前不是還睡在同一個帳篷裡嗎?現在的距離可比當時遠多了呢。」

「野營的時候當然會睡在同一個帳篷裡啊。」

「那不就一樣嗎?我們是『夥伴』吧?」

「嗯?嗯嗯?呃,確實是夥伴沒錯啦。」

「那睡在同一個房間裡也沒什麼吧?」

「是嗎?」

「是呀。」

是這麼一回事嗎?

「那麼，我去洗一下身體，洗手間借我用喔。」

「啊，好，妳有帶替換的衣物嗎？」

「一直都塞在道具箱裡唷。」

「這樣好像不太好吧？」

「反正這裡有舒服的庭院，有時間我會拿出來曬一曬的。」

「唔，那我來幫妳吧？」

「沒關係啦……真的可以嗎？」

「嗯，到時候一口氣全拿出來曬吧。」

……話說回來，真的要同睡一間房嗎？

不過，這裡確實是只有一間寢室而已啦。

第三章
兩個人一起展開慢活人生吧！

隔天我醒來之後，對於背部抵著地板的堅硬觸感，以及睡在狹窄睡袋裡的狀況感到不解。

「……啊，對了。」

在床上睡覺的莉特發出微微呼吸聲，看到她的臉龐，我便想起昨天的對話，忍不住露出苦笑。到該睡覺的時候，我們就為了誰要睡床上而發生爭執。

當然，莉特自己說要睡地板，而我也一樣堅持要睡地板。

我本來差點認同「那就兩個人一起睡床上吧」這種莫名其妙的結論，但最後猜拳是我贏了，所以我才會睡在地上。

「真是沒意義的爭論啊。」

對於習慣野營的我們來說，睡睡袋根本是家常便飯。

不用想也知道，我睡床上也不會構成什麼問題。

「算了，事情都過去了。還是去做早餐吧。」

佐爾丹的夏天從早上就很熱。雖然其他地方已經邁入秋天了，但佐爾丹的夏天還要持續一個月。

外頭傳來響亮的蟬鳴聲，我半是感到鬱悶，半是在這些聲音中感受到夏日風情。鑽出睡袋後，我便往廚房前進。

「我的天，竟然是熱的啊。」

裝在水甕裡的水經過一夜也完全沒有冷卻，還變成了熱水。

「唉，這種日子就是要在家裡耍廢才符合佐爾丹的作風啊。」

然而，喝這種熱水也止不住汗。雖然很麻煩，但還是去井邊打水好了。

＊　＊　＊

我將四個裝滿水的水甕掛在棒子前端來搬運。

基本上，佐爾丹的生活用水是從河川引入自來水來使用，井水則用作飲用水。

此外，人們也喜歡把稀釋過的葡萄酒和麥芽酒等酒精飲料當作飲用水，儘管有酒精，小朋友也會喝。

「嘿咻……如果有更多能夠使用魔法的加護，很多情況都會不一樣了吧。」

我將水甕放在廚房陰暗處。天氣這麼熱，要是把水甕放在陽光直射的地方，很快就會變成熱水了，搞不好還能煮雞蛋。

「雞蛋啊……就來煎培根和蛋捲，再加上萵苣沙拉和馬鈴薯湯。這麼說來，我昨天沒去買麵包啊。不過家裡有麵粉，就做成可麗餅把沙拉和煎蛋捲包進去吧。」

決定好做什麼之後，剩下的就只有付諸實行了。

準備早餐之際，莉特吃東西時的笑容掠過我的腦海。明明這是莉特住進來的第一個早上，我卻好像已經喜歡上這種生活了。

＊　＊　＊

「早安～」

「妳醒啦，早安。」

就算我沒去叫莉特，她也在早餐快做好的時候起來了。

看到我之後，她露出有些傻氣的笑容，就這樣走向洗手間洗臉。

「啊，廚房有冷水，妳拿去吧。」

佐爾丹的自來水在夏天會變得溫溫的。不過，她笑著搖了搖頭。

「沒關係～」

洗手間傳出詠唱魔法的聲音，看來她特地施展魔法來降低水溫。

「真方便啊。」

一想到我早上去井邊打水所耗費的工夫，便覺得能夠使用魔法的加護真的令人十分羨慕。

在她洗臉時，我將早餐都端到桌上。

「好棒唷～看起來好好吃的樣子～～」

莉特從洗手間回來了。儘管洗過臉，她還是帶著恍恍惚惚的神情在椅子上坐下，講話也拖著長音，連睡衣都歪掉而露出肩膀。

「妳是不是很難早起？」

「唔～因為床不一樣，所以有點沒睡好啦。」

「妳有那麼敏感嗎？」

「呃～我開動了。」

莉特沒回答我的問題，逕自津津有味地吃起了早餐。雖然聲稱沒睡好，但她倒是很滿足的模樣，看來不是因為我的床太便宜才害她睡不著。

我露出苦笑，然後拿起湯匙。

我們一邊閒聊，一邊悠哉地度過佐爾丹夏末的慵懶早晨。她將浮著檸檬的冷水倒入杯子，咕嘟一聲喝下去。

「真好喝。」

在陣陣蟬鳴中，穿插著她享用早餐時所發出的讚美，讓我下意識地勾起微笑。

＊　＊　＊

吃完早餐並收拾好餐具後，我們喝著涼茶討論今天的計畫。

「昨天說要曬道具箱裡的東西，要先從這個做起嗎？」

「唔，還是先做該做的事情吧，那種事隨時都可以做。」

「這樣啊，那先把妳的床和必要的私人物品搬過來吧？」

「不行、不行，那個房間放不下我的床。」

「……看來妳的床很高級，難怪會睡不好。」

「睡不著不是因為那個啦，床我會買新的。不過，我打算把家裡的掛畫等等，適合擺在店裡的東西拿過來。」

「掛畫？」

「可別小看美術品的效果唷。擺些合適的美術品絕對可以帶動生意。」

「原來是這樣嗎？」

不過，氣氛不錯的店確實有一種讓人想進去看看的魅力。

「買東西的時候順便買點禮品吧，這樣要取得販賣麻醉藥的許可會比較容易。」

「好點子。」

法律當然沒有明文規定申請的時候必須送東西給官員，然而……很少有國家在決定事情上有一套嚴格的規章，更別說這個以怠惰聞名的佐爾丹了。

新藥能否得到認可，取決於負責官員的判斷。會有什麼結果全憑印象。

「既然我們是新開的藥店，最好帶貴重一點的禮物過去比較好，畢竟店本身還沒建立起信譽。」

「我知道，這方面的交涉我很熟悉。」

暫且不提店鋪的經營，過去在旅行時，與當地掌權者之間的交涉都是由我負責的。我想想，30佩利左右的禮品就可以了吧？能夠以接近市價的價格賣掉的貴金屬製品很受青睞，銀餐具之類的應該算安全牌吧。

「對了，除了禮物之外，也買一些餐具讓妳用吧。」

「不用啦，我跟你用一樣的就好。」

「我家餐具是滿齊全的，只不過都是以一個人使用為考量。雖然不需要連盤子都分開來用，但就單純是數量不夠充足。」

「好吧，既然你都這麼說了。但我的份我自己出錢喔。」

「萬一妳買了什麼高級餐具就傷腦筋了，還是我出錢吧。」

我現在已經過慣了窮日子，很怕做家事的時候碰到高級餐具。想笑我膽小鬼就笑吧。如果手上的盤子相當於半年收入的話，我會因為過度謹慎對待而導致做家事的效率下降。

「也不用因為是高級餐具就小心翼翼的嘛，餐具就是消耗品呀。」

「話是這麼說沒錯啦。」

而且我在旅行的時候也負責收支管理，所以對開銷有一點嚴格。

「那就聽你的吧。再來是關於我的薪水。」

「……嗯。」

我嚥下一口唾沫。雖然我並不認為莉特會漫天開價，所以根本沒在擔心這個問題就是了……

「日薪1．5，一個月大概30佩利你覺得如何？因為包吃包住，所以我覺得這個數字還滿妥當的。」

雖然這個薪水以店員來說偏低，但如她所說，在包吃包住的情況下，是個很合理的數字。

只不過，莉特是B級冒險者，到上個月為止的月收應該都超過一萬……從她的資產來看，30佩利根本微不足道吧。不過……

「好，就這麼決定吧。」

要是她說不需要薪水的話，我也會非常過意不去。既然人家是來工作的，那就得支付報酬才行。如果她說不要報酬，那麼我一定會堅持要付她薪水。我很清楚自己就是這種個性。

而且我開的月薪可能會比30佩利還要多。

因此，莉特提出符合行情的數字也是幫了我大忙。

啊，她之所以主動說要住在我家，該不會也是顧及到薪水的問題吧？沒想到她從一開始就考慮到這麼多事情！

「莉特，謝謝妳。」

「咦？啊，嗯，不客氣？」

雖然她露出呆愣的表情裝傻，但不愧是僅憑一人隊伍就能不斷解決佐爾丹問題的冒險者。

我沒多說什麼，只是暗自在內心再次向她致上謝意。

＊　＊　＊

我和莉特並肩走在街上，準備去家具店買床。

進入夏天後，在早晨和黃昏工作，晝間則乖乖待在家裡，這是佐爾丹的不成文規定。因此現在雖然還早，佐爾丹街上卻充滿了活力。當然，每個人都流著汗，還一臉嫌麻煩的表情，距離真正的活力還很遙遠。

「妳已經習慣佐爾丹的生活了嗎？」

「你說這裡的風氣？唔～有很多事情讓我感到非常困惑呢。炎熱地區的人們都是這樣的嗎？」

「不，即使同屬亞熱帶，銀礦城慕札利那邊早上有前往礦山採銀礦石的礦山工人，中午則有一群人會熱熱鬧鬧地幫這些工人做飯；而到了晚上，結束工作的人們還會舉著啤酒放聲高歌，是一座充滿活力的城鎮喔。」

「原來你去過慕札利呀？」

「是為了入手祕銀錠才去的。雖然我去過很多地方，但獨獨沒想過自己有一天會來佐爾丹啊。」

這個國家遠離與魔王軍的戰線，大部分都是毫無侵略價值的未開發地帶，大半國土屬於濕地，也不適合發展農業，山區以外的樹木盡是灌木。

面對與魔王軍的戰爭，也僅止於向中央提供少許援助資金，幾乎沒派兵遠征過。

這裡沒有格外吸引人的特產，不僅技術力低落，怪物也都不是很強。

對付在中央的山區天天可見的鴞熊竟然還要派出B級冒險者，便足以證明這裡的冒險者不知該如何與強敵戰鬥。

「換句話說，就是和平。一個不需要勇者的國家。曾經身為勇者隊友的我，一直覺得這個國家跟我永遠不會有交集。」

「不需要勇者的國家啊……確實如此。」

一名半妖精少女坐在窗邊，將雙腳泡在水桶裡，一看到我便揮了揮手。我記得她有一次跌倒擦破了膝蓋，是我給她塗藥的。

「我……偶爾會感到有點空虛。」

莉特看著這一幕，如此說道。

「這樣啊。」

「可是，我那時候沒有跟你們走。若是選擇跟你一起旅行的話，一定會讓我感到很充實……不過，現在人在這裡的我就是答案。」

「…………」

莉特願意的話，也能與露緹他們一起踏上討伐魔王的旅程吧。

但她並未走向那樣的未來。

我們都沒有選擇籠罩著腥風血雨的勇者之路，而是純粹以莉特和雷德的身分，走在佐爾丹的街上。

*　*　*

史托姆桑達家具店。雖然名字很奇怪，但這間店的家具工匠很有本事。

「史托兄，你在嗎？」

莉特這麼一喊後，便有個粗壯的身影從店內走了出來。那是個有著山豬鼻子，身高比人類矮一點，但肌肉發達且身軀寬厚的男人。從嘴裡突出來的牙齒更強調出他可怕的外貌。

「莉特小姐來了啊，一直以來都承蒙妳的關……怎麼雷德也在？」

「呃，因為一些原因啦。」

看到城內最強的冒險者和專業採藥冒險者這種意想不到的組合，史托兄——史托姆桑達歪起他那短短的脖子。

「我從今天起要住在雷德家了。」

「嗄？」

「所以我們是來買床的。」

「哦、哦哦哦，這、這真是恭喜兩位了？我都不知道你們竟然發展到這一步了，哎呀，雷德還真是幸福呢。」

「先等一下，你是不是誤會了什麼？」

「要買床是吧？包在我史托姆桑達身上。」

史托姆桑達搓著手，對莉特點頭哈腰了起來。

「喂，史托桑，你這態度跟我那時候差太多了吧？」

「一個是買張便宜的床還要討價還價三十分鐘的客人，一個是按照我的開價買下高級床的客人，我的態度當然會不一樣啊！」

「……嗯，也是。」

面對一臉無言的史托姆桑達，我完全無法反駁，因為他說的沒錯。

史托姆桑達是半獸人，也就是繼承了人類與獸人雙方血統的種族。

這裡講的半獸人不是指父母是人類和獸人，而是某一代祖先混到獸人的血統，而且流傳到這一代依然完全沒有稀釋掉的人類。

獸人是長著山豬臉的暗黑大陸種族，隸屬魔王軍麾下的好戰種族。尤其是在攻打阿瓦隆大陸時擔任尖兵的獸人輕騎兵，憑藉他們的機動性和貪婪一再肆意掠奪，簡直惡名昭彰。

勇者隊伍與我最初對付的那些獸人，就是獸人輕騎兵。

每當兩大陸間爆發戰爭，就會有許多他們的子嗣在我們這邊的大陸誕生。

儘管是魔王軍尖兵那些凶惡殘暴的獸人所留下的後代，但半獸人的性情和人類並無二致。不過，那樣的外表和出身導致他們有很多人被迫生活在貧困階層，也有不少人因此淪為在地下社會討生活的流氓，或是以搶劫為生的盜賊傭兵。

史托姆桑達這個名字，是將原本在暗黑大陸的語言中意指暴風雨和雷電的詞彙所組成的名字翻譯成我們這邊的語言後取的，我和平民區的朋友們都簡稱為史托桑。不過，他本人好像不怎麼喜歡這個暱稱就是了。

「那麼，要放床的房間有多大呢？」

史托姆桑達擺出我從未見過的低姿態，彎著壯碩的身體在那邊點頭哈腰。我感覺自己見識到平時總愛囉哩囉嗦的平民區工匠的現實後，便移開視線，決定去看店內展示的家具。

每件都是木製家具，從作工精細到樸素無華的都有，種類豐富多樣。材質則有堅固的橡木製品、美麗的黑檀木製品、稀有的鐵木製品等等，其中最引人注目的是使用活木製成的床。活木具有非常高的生命力，即使在經過一番加工做成家具之後，只要往缺損的部位噴水就能恢復原狀。

由於可以撐好幾年，在中流階級是備受青睞的產品，但加工難度很高，而且需要具備中級家具製作這個很少人有的技能，一般來說在佐爾丹這種規模的城鎮是買不到的。

「喂！不買就別碰！」

「受損了也會復原吧？」

「反正就是不行。敢弄壞的話，後果自負啊！」

史托姆桑達看到我在輕敲活木床，便開始發牢騷。我聳了聳肩，識相地走開。

過了一陣子後，莉特喊我過去。

「我決定買這個胡桃木雙人床了。」

「買單人的。」

史托姆桑達嘀咕了一句「沒出息」，我當然有聽到。

我瞪了他一眼後，他連忙移開視線，說著「我去拿款式相同的單人床過來」，逃進了店內深處。

「沒出息。」

莉特露出壞笑，但她自己講這句話的時候也是滿臉通紅。

「我們才剛重逢兩天耶。」

我這麼回道，暫且先語帶保留……不過，雙人床啊……

坦白說，我沒有這方面的經驗，所以也不知道該怎麼反應。

＊　＊　＊

「佐爾丹的半獸人出乎意料地多呢。」

購買的床會在傍晚送達。我們從莉特住的房子裡選了一個適合放在店裡的雕像、幾幅掛畫、高雅的書桌及一套餐桌椅，然後放到載貨車上搬回去。負責拉載貨車的是莉特召喚的土精靈獸。

莉特的房子很符合城內第一冒險者的身分，相當豪華，寢室多達四間，有私人酒吧、設有暗門的密室、緊急逃生暗道、獨立的洗衣間及洗手間，甚至還有浴池可以慢慢泡澡。

房子今後會直接交給她僱來的兩名傭人使用，似乎還會租給商人們開會之類的。想到這部分的收入可能都比我付的薪水還要高，不免覺得悲哀。

「雷德？」

「啊，噢，抱歉，妳剛才說什麼？」

「真是的，我剛剛說佐爾丹的半獸人很多啦。」

半獸人啊。

的確，相較於外國，佐爾丹的半獸人比例算是偏多。

「史托姆桑達擁有『工藝師』的加護，而且等級很高。但因為半獸人的身分而沒辦法在其他國家正常開店，才會流落到佐爾丹。在這裡的話，頂多只有一些人會投以厭惡的眼神而已。除此之外，也有很多跟暗黑大陸人混血的半人從別處來佐爾丹尋求可以正常生活的環境。」

「原來如此……話說回來，不愧是雷德，竟然知道加護的等級耶。」

「其實是因為付不出費用，所以有去幫那傢伙打獵啦。」

「這樣呀，非戰鬥型的加護真的很辛苦呢。」

只有拿出真本事去跟同樣擁有加護的人戰鬥並殺掉對方，才能提升加護的等級。即便擁有非戰鬥型的加護，或是擁有「戰士」的加護卻從事沒機會戰鬥的工作，若想提高加護力量的話，就必須拿起劍，和野獸、魔物以及人類拚個你死我活。

加護。

凡是這個世界的生物，撇除掉阿修羅惡魔這種極少數例外，都會被賦予加護這個與生俱來的力量。

賦予加護的是至高神戴密斯。這塊大陸上的所有國家都將這個信仰奉為國教，縱使教義的解釋難免有出入，但從妖精、矮人、未開化部族、哥布林到具備智慧的魔物，無一不是如此。

因為祂是實際存在的神，會賦予加護這種肉眼能見的力量，大家可以透過加護感受到其存在，所以也無心去信仰其他不確定是否存在的神。

如同前述，加護來自於神的賜予。

完全不會受到父母和教育這些因素影響。貧民區的孤兒可能會擁有「軍師」或「將軍」的加護，高貴的王族也可能會擁有「盜賊」的加護。

會被賦予什麼樣的加護，這個問題可謂只有神才知道。

加護有名稱、技能以及等級。

升級會獲得用來學習技能的點數，習得技能便能擁有超人般的力量與技術。

從魔法這種簡單明瞭的能力，到武器鎧甲的應用、道具製作，乃至於撼動人心的歌聲，在知識以外的所有領域皆得以發揮力量。大多數的人都將加護的等級視為一個人的價值。

換句話說，想功成名就的話，一定要提升加護的等級。

那麼，加護的等級該如何提升呢？

方法只有一個，那就是和同樣擁有加護的對手交戰廝殺。

不管是戰鬥型還是非戰鬥型的加護都一樣。擁有「工藝師」加護的人，即使從事本業製作也無益於升級。

因此，有人會委託冒險者協助狩獵以便升級，或是自己兼職冒險者去狩獵魔物和動物，所有生物為了強化加護都要爭鬥相殺。

像冒險者公會這種無賴集團之所以是個頗有權威的組織，就是因為各種組織的人都兼職成為公會成員的緣故。

我往旁邊一看，在暑氣蒸蒸的大街上，有兩個十三歲的小女孩頂著大熱天一邊嬉戲一邊走著。

她們後背都揹著毫無裝飾的粗製素槍，前端的黑鐵刃上還留有些許忘記擦掉的紅黑色血跡。

這個世界無處不是戰場。

＊　＊　＊

我們在雜貨店買齊了莉特的餐具和日用品。由於買到物美價廉的東西，讓我高興到藏不住笑意。

「接下來順便去一趟市場吧，差不多該補些食材了。」

「可以呀，我想吃煎肉餅。」

「煎肉餅嗎？好啊。」

雞蛋的存貨還夠。我一邊想著材料，一邊朝市場走去。

大概走了十分鐘左右，我們經過一塊空地，原本在這裡的房屋因為前年的暴風雨而崩塌毀壞。接著，事情就發生了。

小孩子的尖叫和怒吼聲傳到我們耳中。

「是在吵架嗎？」

每個城鎮都會有搗蛋鬼。正當我在煩惱不了解情況的大人是否該介入孩子們的吵架之際……

「這個聲音，是坦塔嗎？」

岡茲的外甥，半妖精坦塔。在吵架的似乎是他。

「你認識的人？」

「應該是。我去看一下情況。」

聲音是從空地傳來的。我探頭一看，發現在吵架的分別是三人組和兩人組。

兩人組都是半妖精，而三人組都是人類。

坦塔和人類男孩扭打在一起，形勢非常不妙。

「那是技能嗎？」

看來那個小男生成功接觸到了加護。大概是早熟吧，他的等級已經升到2或3級。

觀察過他的打鬥方式後，我推測出他的加護類型。

還是出面阻止比較好。仔細一看，三人組裡動手的只有那個在使用加護的男孩而已，剩下兩人雖然在旁邊叫罵，但他們偶爾會面露懼色，不打算加入戰局。

那名人類男孩應該就是發生這場鬥毆的原因吧。

「喂，都給我住手！」

我出聲後，孩子們同時看了過來。感覺他們似乎因為大人跑來責罵而感到害怕，但看起來也像是鬆了口氣。然而……

「囉嗦！」

原本在毆打坦塔的小男生立刻撿起地上的石頭，朝我扔了過來。從撿起石頭到扔出石頭的動作相當流暢，大概是發動了「信手拈來打架術」這個技能吧。

匡啷一道金屬聲，石頭被我的銅劍彈開了。

孩子們吃驚地瞪大眼睛，連那個丟石頭的孩子也一樣。

「哦？」

不過只有我相反，對於這記不像是孩子丟得出來的投石攻擊，我不禁發出讚嘆。

拿著劍的手還微微發麻。這是很猛烈的一擊。

「有這種實力，用來和小孩打架太浪費了，你不如跟大人一起去討伐魔物吧。」

「要、要你管喔！拿著銅劍還敢教訓人！」

小男生漲紅著臉，吼完這句話便跑走了。

「等、等我啦，埃德彌！」

「別丟下我啊！」

其餘兩人連忙追上去。我輕輕嘆氣，把劍收了起來。

老實說，我沒想到會拔劍，本來想用拳頭打落石頭，但真的用拳頭大概就受傷了吧。加護似乎跟他本人相當契合，儘管是才剛學會使用加護的孩子，這一擊卻不遜於E

級冒險者。

「坦塔，你沒事吧？」

「……嗯。」

坦塔一臉不甘心地用袖子擦髒掉的臉，但因為袖子也很髒，所以只是把臉弄得更髒而已。

「轉過來一下。」

我用帶在身上的毛巾擦了擦坦塔和另一個孩子的臉。

髒汙是擦乾淨了，但還留有少許的淤青。

「擦好了。」

「謝謝……」

「你運氣差了點，對方已經接觸到加護了。你們兩個都還沒吧？」

兩人都微微點了點頭。

「可是，不是說等級低就跟沒有加護一樣嗎？」

「那是因為契合度高啊，不論好壞。」

「契合度？」

「所謂的契合度就是……」

「等、等一下！」

當我要說明的時候，另一個小男生就提高音量這麼喊道。他是有著蓬鬆捲髮的半妖精，臉頰的線條比坦塔圓潤，眼角也略為下垂；眼睛有點充血，可能在忍著眼淚吧。

「坦、坦塔，他是誰？」

「噢，抱歉，艾爾，他是雷德哥哥，我一個開藥店的朋友。」

「開藥店的？」

「而且他也是冒險者喔。」

「原來是這樣，所以才會這麼強啊。」

這孩子似乎叫做艾爾。

我還是第一次見到他。我本來以為自己對平民區的孩子們有一定程度的了解。

「雷德哥哥，艾爾的家人都在南沼區。」

「原來是南沼區的孩子啊，難怪我就想說怎麼沒印象。」

南沼區是位於佐爾丹西邊的居住區。那裡是將沼澤地進行排水開墾所造出來的土地，由於地基不穩，以居住區而言不太受歡迎。

於是，那些來自外地、沒有資產的外國人自然而然就會聚集到南沼區，儼然變成了貧民區。艾爾大概也清楚這一點，所以在提到南沼區時，他便垂下了頭。

「你膝蓋受傷了耶。」

艾爾的膝蓋正在滲出鮮血，恐怕是被撞飛出去，在地上滾動時受的傷。我從懷裡拿出消毒藥和繃帶。

「再來還要用到水，你有辦法走到井邊嗎？」

「不、不用費心，這不是什麼嚴重的傷。」

我牽起他的手要走，結果他就痛到變成了苦瓜臉，傷口可能比看起來還要深。

「你別跟我客氣啦。」

「哇哇！」

我揹起艾爾走了起來。

「不、不要緊的，我自己可以走！」

艾爾的手腳慌亂地掙扎著，但我沒放在心上，就這樣把他揹到了井邊。

＊　＊　＊

「搞定。」

上完藥，我用繃帶將他腿上受傷的部位纏起來固定住。

「休養兩三天應該就不會痛了。」

「謝謝你，雷德先生。」

我輕輕拍了拍艾爾的頭，他就靦腆地笑了。

「雷德哥哥！趕快解釋一下嘛！」

坦塔興奮地大叫著，與乖巧的艾爾形成強烈對比。不過，他會這樣也是很正常的，畢竟……

「為什麼你又和莉特小姐在一起啊？」

「這個嘛……」

「因為我和雷德感情很好呀。」

「是這樣嗎？」

「沒錯，從今天起我們就要同居了唷。」

「咦咦？雷德哥哥有這麼會賺錢嗎？」

「唔……這不好說呢。」

喂，莉特妳在說什麼啊？別對孩子灌輸奇怪的東西啦。坦塔也別亂講話，我聽了會難過好嗎。

「請問……」

「嗯？怎麼了，艾爾？」

「是關於加護的事情……雷德先生和莉特小姐都很了解加護吧？」

「算是吧。」

「那傢伙，就是跟我們打架的那個人，他叫做埃德彌。」

「你想問的是埃德彌的加護嗎？」

「對，埃德彌的確很討厭妖精，我一直不喜歡他，但他以前沒有這麼野蠻，是這陣子突然變得很暴躁……」

「這樣啊，那就是因為他接觸了加護。」

「接觸加護後就會變成那樣嗎？」

艾爾的眼神不安地動搖起來。

加護是在這個世界生存所不可或缺的神明賞賜……

「你知道接觸加護是什麼意思吧？」

「知道！就是發覺到自己的加護是什麼，之後就可以自行選擇技能，然後使其成長，對吧？」

坦塔從旁邊插嘴答道。

我摸了摸他的頭，他則用雙手抓住我放在他頭上的手，並開心地露出笑容。

「答對了，你很用功呢。」

「這是常識嘛。」

「所以說，只要接觸過加護，當事人的人格也會逐漸受到加護影響。」

聽完這句話，坦塔歪起頭。

「這是什麼意思？」

「打個比方，擁有『工藝師』加護的人，就會愛上製作東西；擁有『魔法師』加護的人，求知欲就會變高。也就是說，會被拉往加護所投射出來的形象。」

「這就是埃德彌變暴躁的原因嗎？」

艾爾的臉上清楚呈現出擔憂與恐懼。照這樣看來……我懂了。

「你已經知道自己的加護了嗎？」

「是、是的……我的加護是『武器大師』。」

「噢，這不是很厲害嗎？」

「武器大師」是將一種武器的運用發揮到極限的戰士系加護。雖然犧牲了可以因應狀況來選擇武器的多樣性，但出於執著而鑽研到極致的技術會超越使用相同武器的同級別「戰士」。相較於在旅途中不斷得到新武器的冒險者，更適合在同一處據點進行戰鬥的冒險者或士兵。

「那個叫埃德彌的孩子，應該是擁有『打架專家(Bar Brawler)』的加護。」

「『打架專家』？」

「那是著重於非武裝鬥毆和一對多情況的加護。能把石頭或酒瓶之類非武器的東西當作武器使用，固有技能應該是各種把對手撞飛或使其跌倒以取得優勢的招數。依賴武器的『武器大師』若被限制在非武裝鬥毆的狀況下，應該是沒有勝算的。」

「所以他才突然變得這麼會打架……」

「然後，問題在於埃德彌和加護的契合度非常好。」

「契合度？」

「沒錯，契合度。要是當事人的肉體、精神上的資質與加護相契合的話，技能就會變得更強。埃德彌可以說是極其罕見的『打架專家』天才。」

「『打架專家』天才……感覺好微妙啊。」

「對啊，這就是問題所在。如果是能夠受到社會尊敬的加護倒還好，但有些人因為和『盜賊』、『強盜(Bandit)』和『殺人魔(Manslayer)』這種反社會型加護相契合，導致人生走上歧途。埃德彌也是同樣的情況，『打架專家』這個加護會引導他藉由打架來解決任何擋在眼前的障礙。」

「原來是這樣……那個，『武器大師』不用擔心嗎？」

「嗯，比起『打架專家』是比較令人放心，不過會反映在對武器的偏愛與執著上。只要自己的武器不在手邊就會靜不下來，或是自己的武器受到輕視就會激動起來之類的。」

「唔……」

艾爾看起來還是很不安。然而，也許這就是擁有加護的宿命……或者該說是神明期望我們能擔當的職責……

「好啦，你也不用這麼在意，加護的影響確實很強，但並不代表會受到操控。等埃德彌習慣之後，他會有辦法好好應對他的加護的。艾爾你也一定僅止於很珍惜自身武器的階段而已。」

「我……不需要加護。」

坦塔像是嚇了一大跳，表情僵住了。莉特也是一臉嚴肅。

加護是神賜予的，是神挑給我們的禮物。

拒絕它會構成嚴重的瀆神行為，萬一傳到聖方教會的異端審判官耳中，那可是要被懲處的。雖然小孩子大概挨罵聽訓就沒事了，但可能會從此被盯上。

不過……對自身加護懷抱不安，這種心情我非常懂。艾爾會擔憂也很合乎情理。

不，應該不止我吧。莉特的加護「精靈斥候」，本來應該是要擔任森林住民的斥候。她之所以在城堡裡待不住，難道不正是受到這個熱愛自由的加護所影響嗎？

我不知道坦塔是否會被賦予適合木匠工作的加護。對於接觸到加護的那一天，坦塔所懷抱的不僅是期待，還有恐懼。

我不想不分青紅皂白就否定艾爾。要是強行否定的話，可能會害他的人生因此而產生扭曲。

我有點猶豫該說什麼才好。

「艾爾，面對加護的確是一件令人害怕的事情，畢竟加護可以決定你的人生。但是，不管擁有什麼樣的加護，你就是你。」

「這是什麼意思？」

「加護也是自己的一部分。就像是溫柔的母親也會因為芝麻綠豆的小事嘮嘮叨叨地罵個沒完，或像是喝醉的父親會展現出與平時截然不同的一面。」

「嗯，我爸爸平時很可怕，但喝了酒就會變得非常愛笑。」

「將這些部分總括起來，才是完整的自己。加護也一樣。當你快要被加護牽著鼻子走的時候，不要去否定加護，也不要成為加護的奴隸，而是要當成自己的一部分加以控制。這樣一來，加護以後就會為你帶來很多幫助。」

「真的嗎？」

「真的，『武器大師』這個加護所帶來的技能可以提高你的體能，而且只要手中有武器，就會對恐懼與混亂產生完全抗性。」

「恐懼？我因為怕黑老是被大家嘲笑，這個也能改掉嗎？」

「嗯，以後不管多黑，你都不會害怕了。」

艾爾露出笑容，似乎有點安心了。

「謝謝你，雷德哥哥。」

「不客氣。我平常都在藥店裡，要是有不安的事情就過來吧。若不嫌棄我是D級冒險者的話，可以跟我商量喔。」

「嗯！那個……」

「怎麼了？還有不安的事情嗎？」

「就算沒有事情要商量，也可以去店裡玩嗎？」

艾爾臉龐微紅地注視著我，我則揉了揉他那頭柔軟的捲髮。

「很歡迎啊，來找我吃飯吧。」

「嗯！」

艾爾臉上露出孩子氣的燦爛笑容。他這樣一笑，我便心想：原來這孩子笑起來還有酒窩啊。

＊　＊　＊

由於途中稍微繞了路，我們到市場的時候已經接近正午了。

我和莉特在高溫中一邊流汗一邊買齊食材。

「雷德～我這邊都買好了唷。」

「好！」

將購物清單交給她後，我們就分頭行動了。市場的商人們可能是熱到失去了幹勁，連攬客招呼聲都沒有，全都拿著扇子窩在店裡的陰涼處。雖然多虧如此才沒有被叫住而亂花錢，但這種很有佐爾丹市場風格的怠惰感，還是讓我不禁露出苦笑。

莉特那邊好像也一樣，平時不來市場的她，似乎感到很有趣而笑了起來。

「換作洛嘉維亞的話，夏天的市場還是一樣吵吵鬧鬧的唷，每次都會聽到『我每天都吃這個才沒有得夏季倦怠症喔』這種臺詞。」

「我的老家是鄉下，根本沒有所謂的市場。大家都是在家裡把東西做好，再各自帶過來以物易物。」

「原來你的故鄉是這樣呀。不過你八歲的時候已經加入騎士團了吧？」

「是啊，待在故鄉只有小時候的一小段時間而已。」

所以，我在故鄉幾乎沒有稱得上關係親暱的人，甚至還想過露緹會不會也把我忘了……但我每年會回去幾次，每次露緹總是第一個在村子口迎接我。

「唔，她那時候明明就很黏我。」

沒想到現在會和艾瑞斯那麼要好。

哥哥我完全沒察覺到啊。

「……這真的令人不敢置信呢。」

「嗯？」

「那個露緹竟然會對雷德以外的人敞開心房，實在太難以想像了。」

「是嗎？」

「嗯，我從來沒見過那麼可怕的人。」

「可怕？」

我原以為莉特在開玩笑，但她的表情很認真。

「在競技場和露緹對峙之際，我才體會到寒毛直豎的感覺。我覺得當時的露緹比任何惡魔都還要可怕……所以雷德，不對，這裡就讓我叫你的本名吧，在看到露緹向吉迪恩你撒嬌的時候，我簡直要懷疑自己的眼睛了。」

「唔……她的表情確實有時候會有一點難懂啦。」

「我無法想像那個露緹竟然會轉而向艾瑞斯撒嬌。」

雖然這個評價有點過分，但莉特是真的對此感到疑惑。

我心中浮上些微不安……

「不過，露緹比我強太多了。雖然不曉得勇者隊伍的現況，但畢竟聽說他們打倒了風之四天王，這就代表一切都很順利吧。」

「……說的也是！我們人都在佐爾丹了，就算在意那些也沒用嘛。」

莉特彷彿要否定自己冒出的念頭似的這麼說道，然後挽住我的手臂。

「我們回家吧。」

「嗯，回家吧。」

如今，我們遠離了決定世界命運的戰役，和勇者他們早就已經不再是同一個世界的人了。

幕間

孤獨的勇者露緹

勇者隊伍的其中一人，擁有「武鬥家」加護的達南怒吼道：

「艾瑞斯你鬧夠了沒啊！這都第幾次了！」

「反正用完再回來買不就行了嗎？」

擁有「賢者」加護的艾瑞斯這麼說道，看起來對達南的怒吼絲毫不放在心上。然而，他的嘴唇微微震顫著，透露出他對於身為「賢者」的自己卻被不學無術的達南當小孩責備感到相當屈辱。

勇者隊伍眼下正在尋找據說是前代魔王遺留在血沙漠的兵器。

此行的目的，便是搶在現任魔王奪走之前拿到手，或是將其破壞。

不過，這已經是第三次因為水和食物用盡而返回村子。雖然不知道兵器的位置也是原因之一，但自從雷德——吉迪恩離隊之後，物資在半路上就用完的情況明顯變多了。

「老是在同一個地方來來去去，你知道我們已經在這個沙漠耗掉多少天了嗎！得不到沙漠居民的協助也是因為你交涉失敗了吧！」

「那可是傳說中的兵器喔？沒那麼容易找到吧？交涉方面我也盡力了，但那群沙漠居民簡直跟盜賊沒什麼兩樣，連這個地區的君王都管不動。有意見的話，換你去跟他們交涉啊。」

艾瑞斯聳了聳肩。他的態度讓達南更火大了。

「是你自己說要代替吉迪恩負責籌措物資和交涉的吧！結果呢？」

「我又不是吉迪恩，總不可能淨做些雜事。」

艾瑞斯認為達南常常一點小事就動怒，早見怪不怪。

然而，當他看到達南忽地擺出一臉嚴肅的表情，艾瑞斯腦中的警鈴頓時大作，卻為時已晚。

「算了，我要去找吉迪恩，再這樣下去根本是在原地踏步。」

「等一下！接下來可是要去前代魔王的祕密設施啊！你在這時候退出會造成隊伍困擾的！」

「照這態勢只會全滅而已。我原本以為這是打倒魔王的最短捷徑才入隊的，但如果不再是捷徑的話，我又何必繼續待著。」

達南是認真的，至少在艾瑞斯眼中是如此。

他向坐在一旁的「十字軍」蒂奧德萊投以求助的眼神，但她雙臂抱胸閉上眼睛，一副事不關己的模樣。而取代吉迪恩加入的「刺客(Assassin)」媞瑟雖然對委託人艾瑞斯很忠誠，但這種情況下她也派不上用場。

「艾瑞斯，你把吉迪恩趕走可是鑄下了無法彌補的大錯啊，你實在太輕率了。」

「我說過好幾次了，我沒有趕走他，是他自己要走的。」

達南那傷痕累累的臉上泛出一抹冷笑。

就在此時——

「達南，你要去找哥哥嗎？」

傳來了一道連達南的冷笑都能凍住的冰冷嗓音。

「勇、勇者大人，這……」

全身盡被肌肉鎧甲包住的達南，卻在一名少女的面前膽怯地縮起身子。這就類似於草食動物在絕對沒有贏面的大型肉食動物的瞪視下，因陷入恐慌而導致身體動彈不得。

勇者露緹。這名少女的嬌小身軀穿著白銀鎧甲，腰間佩帶降魔聖劍，正面無表情地抬頭看著魁梧的達南。

然而，她是神明指定的最強之人，是得到用來拯救世界的超常力量的「勇者」。

就連能用手指斬斷鋼鐵的「武鬥家」達南，也在本能上知道自己絕對贏不了「勇者」。他嚥下一口唾沫。

「再、再繼續聽憑艾瑞斯的判斷，隊伍會全滅的。妳的哥哥，吉迪恩對我們來說是必須的。勇者大人不也是……」

「也是？」

「沒、沒有，那個……」

不行了。達南彎著膝蓋，用盡全力忍住想從她的視線逃離的衝動。光是如此，就在不斷消磨這個身經百戰的男人的精神。雖然只是短暫的沉默，但達南覺得度過了幾十倍長的時間。

「可以。你去吧。」

「咦？」

「達南，你去找吉迪恩，我們繼續旅行。」

「不、不是，那個……」

「就這樣。」

露緹說完這句話，便返回自己的帳篷。

因為她是隊長，所以有專用帳篷，但真正的理由是連艾瑞斯也受不了和露緹一起待在狹小的帳篷裡。在冒險以外的時間，露緹基本上都是獨自行動，除非吉迪恩在。

「等、等一下啊，露緹！」

艾瑞斯連忙追了過去。

達南長嘆一口氣後，坐在依然閉著眼睛的蒂奧德萊對面。

「那麼，你要怎麼辦？」

「只能去了吧。」

對於蒂奧德萊的問題，達南垂下肩膀答道。

「我好歹也自認是隊伍裡的主攻手啊。」

「要排在勇者大人之後吧。」

「勇者大人當然不能一概而論。我根本不相信勇者大人有弱小的時期啊。」

「加護等級低的話，誰都會有弱小的時候啊……不過，我的想法和你一樣。艾瑞斯閣下一開始就在隊裡，他可能知道吧。」

「艾瑞斯喔……」

也許是終於冷靜下來了，達南又恢復原本桀驁不馴的語氣。他摸著臉上的傷疤，略為壓低聲音說道：

「妳覺得，艾瑞斯會不會是覺得吉迪恩礙事，所以把他殺了？」

「唔。」

「艾瑞斯肯定是想和勇者大人結婚。他老家是空有門第的沒落公爵家，重振家業應該是他的夙願。若拯救世界的『勇者』和『賢者』成為一對，就能獲得大力支持，甚至有可能成立公國……亞蘭朵菈菈其實說得有道理吧？」

吉迪恩失蹤後，同隊的高等妖精亞蘭朵菈菈便跑去質問艾瑞斯。亞蘭朵菈菈擁有「木之歌者」這個可以操縱植物的加護，一發現吉迪恩不見，她就立刻調查起他的痕跡以便追蹤，但她沒找到。

這是因為吉迪恩知道亞蘭朵菈菈的能力，為了不被她找到而採取了相應的移動方式，但反而讓她察覺到一絲不自然。於是，她開始懷疑是不是艾瑞斯覺得吉迪恩礙事而下了毒手。

賢者艾瑞斯被亞蘭朵菈菈揪住前襟用嚴厲的口吻盤問之下，便打破與吉迪恩的約定，甚至說吉迪恩是逃走的。

高等妖精的脾氣並不暴躁，情感起伏卻很強烈，儘管不會隨便動怒，但動起怒來便宛如烈火一般。聽完艾瑞斯的說法後，亞蘭朵菈菈當場就毫不猶豫地痛揍他一頓。

艾瑞斯的自尊心很高。捱揍之後，他就惱火地立刻用魔法進行反擊，而亞蘭朵菈菈也應戰。這是魔法師系的最頂尖加護「賢者」，與精靈魔法師系的高階加護「木之歌者」之間的戰鬥。艾瑞斯用「流星」召喚了隕石，亞蘭朵菈菈則透過巨木的大精靈「暴君精靈」製造出視隕石於無物的木巨人。

若不是達南和蒂奧德萊介入，恐怕地形都改變了吧。

「我已經搞不懂你們了。」

亞蘭朵菈菈最後留下這句話便脫離了隊伍。

「亞蘭朵菈菈那傢伙哭了啊。」

想起亞蘭朵菈菈告別前的模樣，達南低聲吐出這句話。

「……是啊。」

亞蘭朵菈菈離開後，達南和蒂奧德萊也責備艾瑞斯思謀不周。無論是趕走吉迪恩，還是和亞蘭朵菈菈打起來，艾瑞斯都害隊伍失去了兩名夥伴。

但是，艾瑞斯本來就討厭亞蘭朵菈菈的性格，所以他還嘴硬地說心情舒爽多了，實在讓達南氣到傻眼。

如果亞蘭朵菈菈在這裡的話，她就能用操縱植物的技能讓探索變得輕鬆不少吧。隨著一聲嘆息，達南壓下再度翻湧上來的怒火。

他重新回想亞蘭朵菈菈當時那番話。確定接下來要去尋找吉迪恩之後，免不了會聯想到那個可能性。

艾瑞斯說吉迪恩是逃走的，但他無法證明自己沒有殺掉吉迪恩。亞蘭朵菈菈那時候已經怒氣沖天了，如果他承認自己殺了吉迪恩的話，兩個人恐怕會拚個你死我活吧。因此，那可能是他迫不得已才編出的藉口。若吉迪恩早就死了，達南的旅途將永遠不會有終點。

蒂奧德萊看到達南難得露出傷腦筋的表情，便輕輕一笑。

「吉迪恩閣下可是戰鬥的能手。我一直十分佩服他單憑通用技能就可以戰鬥到那種地步。」

「我也一樣啊。吉迪恩是個值得尊敬的武藝家。」

「但我看你很常責備他在戰鬥中的失誤耶。」

道南驚嚇得身體微微震顫。這位桀傲不遜的彪形大漢深感羞愧似的垂著肩膀。

「我生性就是如此啦……非得把做不好的地方拿出來檢討一番不可……但我敢對加護起誓，我從來沒有想過隊伍不需要吉迪恩，更沒覺得他是累贅。」

「那你當初就該老實告訴他啊。」

「……妳的意思是，吉迪恩是自己離開的？」

蒂奧德萊將手中的樹枝折成兩半，丟進篝火裡。

「達南閣下是當今首屈一指的武術宗師，我則是聖堂騎士流槍術代理師範，而我們都認可吉迪恩閣下的實力。無論艾瑞斯閣下是多麼優秀的術士，身為武界代表的我們兩人所尊敬的劍士，怎麼可能在跟術士的單挑中敗陣下來。」

「說的也是！」

蒂奧德萊這番話聽起來像是在說服自己。達南對這一點也很清楚。

吉迪恩應該還活著。他可是大家能夠將背後託付給彼此一同出生入死的夥伴。既然他們幾個還活著，那麼吉迪恩也一定還活著。

他不可能自己一個人先死。

「呿，如果是這樣，就該早點去找他才對。如此一來也不用在這種沙漠活受罪了。」

「是啊，要是我比達南閣下先提出這件事的話，就是我去找他了。」

兩人互看彼此一眼，各自露出了笑容。

第四章 佐爾丹的莉特

買完東西的第二天。

我一邊做著兩人份的早餐，一邊想著這半個月來發生巨大變化的日常。本來住在平民區的簡陋連排房屋裡，但開藥店的願望成真，身為昔日夥伴的公主還突然找上門，然後決定兩人要同居，於是我現在在自家廚房做著兩人份的早餐。

「世事難料啊。」

若問我是否有料到未來會變成這樣，那我的答案絕對是完全沒料到。

與勇者露緹一起討伐魔王的未來、以巴哈姆特騎士團副團長的身分守護王都和平的未來，我甚至還想過會受封貴族，我出生的村子及周邊就是屬於我的小小領地……卻沒想到竟然會在邊境佐爾丹和公主一起開藥店。

「不過，這樣也不錯啦。」

我將料理分別盛在兩個盤子裡。

受到香味吸引，一臉愛睏的莉特搖搖晃晃地走過來。

「我要吃飯～」

莉特露出傻氣的笑容這麼說道。她人在這裡就已經讓我感受到了幸福。

＊　＊　＊

昨天差不多都把東西買好了，因此今天──

「該去申請那個雷德藥的許可了吧？」

「不要叫什麼雷德藥啦，聽起來很像可疑藥物耶。」

紅藥，Red Drug，實在不好聽。

「那就叫雷德莉特藥吧！啊，對了，店的招牌也得換掉才行呢。」

「妳真的打算叫雷德&莉特藥草店喔……要是連店名都改了，到時候妳想辭職可沒那麼容易喔？」

「這意思是你願意把我留在這裡一輩子嗎？」

莉特露出惡作劇般的笑容回應我的調侃，我也笑了回去。

「知道了，那就順便去一趟招牌店吧。剛才說到新麻醉藥的許可，既然昨天也買了銀餐具當禮物，剩下的就只有登門拜訪了吧。」

「最好帶著介紹信過去。這個我有門路能弄到。」

「不愧是莉特，太感謝了。」

這件事就老實接受她的好意吧。莉特身為佐爾丹首屈一指的冒險者，在這裡可是相當吃得開。

「交涉本身還是雷德你更擅長吧？」

「包在我身上。」

＊　＊　＊

雖然我自信滿滿地這麼說了……

「不行！」

結果卻遭到無情拒絕。

應該說，看起來根本沒有交涉的餘地。

負責處理藥物許可的議會官員叫做丹，是個凸肚子的中年男人。不知是否因為疲憊的緣故，他胖歸胖，臉頰卻很消瘦，眼睛下方還有黑眼圈。

「請等一下，我的藥是成癮性很低的安全藥品，至少先聽聽看吧。」

「不必，把東西收一收回去吧！」

在收到莉特認識的高官所寫的介紹信之際，這個男人雖然難掩嫌麻煩的神色，但表面上還是笑咪咪地接待我們。

然而我一提到藥的事情，他的態度便急轉直下，結果就變成這種局面了。

「出什麼事了嗎？」

「這、這與你無關。」

我知道他態度丕變的原因不在我身上，因為他聽到我們的目的是取得藥物販售許可才改變態度。

到這裡我很輕易就想像得到，但我不曉得他拒絕的原因，而這才是關鍵。

（看來還是再蒐集一些消息比較好。）

我沒想到事情會變成這樣，對這名叫做丹的官員也完全不了解。現在就算想交涉也只會被對方冷臉對待而已。

（雖說過慣了安逸的生活，不過真的變遲鈍了啊。）

每天採藥草的生活確實讓我各方面都變遲鈍了。儘管加護賦予的技能並沒有減少，但施展技能也需要用到自身判斷力，久而不用就會變得愈來愈遲鈍。

莉特都特地幫忙準備了介紹信，我就這麼浪費掉實在太不爭氣了。

無可奈何之下，我們只好離開接待室。

「那傢伙是怎樣啊！」

莉特一直感到忿忿不平。實際上，她聽到一半就殺氣騰騰地想撲上去打人了。若不是我伸手制止，再加上事前說過交涉由我來負責，不然莉特大概就訴諸暴力手段來逼人就範了。

因為她本來是公主，所以並不擅長在交涉中忍耐妥協。

「不過這下傷腦筋了啊。看那樣子，單憑交涉是解決不了的。」

必須先從被拒絕的原因開始調查。雖然應該花不了太多時間……但我已經離開那種冒險生活了，老實說我覺得很麻煩。

「那就去問他的上司吧。」

「妳說上司……也對。」

但我這邊有莉特在。這種情況下，就讓我盡情利用佐爾丹第一冒險者的頭銜吧。

＊　＊　＊

「哎呀，沒想到莉特小姐竟然親自蒞臨了。」

在負責制定工商相關法規的部門，室長魯道夫是名臨近老年、頭髮斑白的男人。他露出和藹可親的笑容，似乎對莉特的來訪感到很高興。

「其實我目前正在跟這位雷德一起工作，來找您是有一點事情想請教。」

「哦？一直都是獨自行動的莉特小姐竟然有搭檔？真是期待兩位的表現呢。雷德……先生沒錯吧？很榮幸能認識你。」

沒必要在這時候表明自己是D級冒險者的身分。我露出模稜兩可的笑容，握住他伸出的手。

「是這樣的，今天我們來申請新型麻醉藥的販售許可，但被負責人給回絕了。」

「哦，原來如此。」

魯道夫室長一臉歉意地點了點頭。

「那真是抱歉，兩位來的時機太不巧了。」

「果然發生什麼事了嗎？」

「不愧是莉特小姐，已經注意到了啊。是的，如妳所想，發生了一些問題。這件事不能聲張出去，能請兩位保密嗎？」

「當然。」

看到莉特和我點頭，魯道夫室長便繼續說下去。

「他約莫一個月前批准的藥品，其實只要稍微改變用法就會變成強效的毒品，從貴族到下層市民似乎都暗中流傳開來了。」

「一個月前批准的藥品？」

我偏過頭。

雖說是自製藥，但如果有新藥的話，紐曼那些醫生應該會提到吧？

「雷德先生對藥很了解嗎？不過，不知道也是當然的。據說是預先在城外準備好一大批新藥，等取得許可就立刻搬進城內，再一口氣賣給已經先簽訂契約的買家。所以是一開始就打算當作毒品來賣的。」

「這我就不懂了，這種賣法雖然一開始能謀取暴利，但好不容易才取得許可，這樣理所當然會馬上遭到管制，沒辦法繼續賺下去吧？」

「的確令人費解，可能是外行的藥師沒遠見吧。不過，這讓我們威信盡失、不堪其擾，負責人丹到現在也沒日沒夜地在處理這件事，還要不斷受到指責。」

怪不得啊。我的內心直到剛才還在氣那個胖胖的負責人，現在反而有點同情他。

他也真是辛苦了，下次來的時候送他胃藥吧。

「不過，這次畢竟是莉特小姐提出的申請，我相信不會有閃失。請把文件交給我吧，由我來批准。」

「真的嗎?謝謝您!」

在意想不到的地方輕易地得到了許可。

莉特的影響力果然不是蓋的。

……雖然這種事我早就很清楚了,但還是有些沮喪。正因為旅行的時候都是由我負責交涉,所以更能深切地體會到一旦失去勇者夥伴的頭銜竟會如此不順。

後來,我們交出藥品相關文件,他確認過沒問題便發行許可證給我們。

這樣一來,我的藥就可以正當地出售了。

* * *

離開議會後,我微微垂著肩膀走在路上。

「抱歉,這次太麻煩妳了。」

明明嘴上說要負責交涉,到頭來還是都在依靠莉特,這讓我有點陷入自我厭惡的情緒中。

這時候,走在我前面的莉特轉過身,搖了搖頭。

「雷德,問你喔,我把做飯的事情都交給了你,你對此會感到不滿嗎?你是希望聽到我的道歉才去做飯的嗎？」

「……不是。」

「我想告訴你的是，我很高興能幫上忙，所以你根本沒必要道歉。今後我也會一直幫你，為你做一切我力所能及的事情唷。」

如此直白的好意，讓我不禁停下腳步。

莉特同樣停了下來，與我面對面。

為什麼要為我做這麼多？要是這麼問的話，未免也太不識趣了。

「謝謝妳，莉特。然後……呃……就是，今後也請多指教了。」

「嗯！」

受到莉特那張開心的笑靨感染，我也笑了出來。

＊　＊　＊

「要花一段時間才能把新藥的效果推廣出去。」

夜晚，我和莉特在客廳隔著桌子相對而坐，討論該如何提高店鋪的營業額。

「麻醉藥能否大賣應該是之後的事情了。」

「嗯，所以我想要效果更簡單明瞭，可以吸引客人購買的藥。」

「就算妳這麼說……」

我只有初級調合技能。

能做的藥很有限。

「我只有各方面的知識，並沒有專業技能，所以做不出那麼符合理想的藥喔。」

「說的也是呢。」

要說我跟其他藥店的不同之處，那就是別人就算使用能夠提升一般移動速度的技能，也要花半天才到得了山上，沒有技能則要花上一天；而我跑過去不用多久，採藥草的時候也不需要顧忌魔物。

雖然這是很大的優勢，但藥品本身沒有差異也就沒辦法立刻拉高營業額。

「頂多就是不用擔心藥會不夠賣吧。」

有一天的時間就能準備好充足的藥，而如果只做必要分量的話，半天就能搞定。

「莉特有什麼點子嗎？」

「唔……」

莉特閉上眼睛。

她大概是在接觸自己的加護，重新確認能用技能做什麼吧。

「把精靈魔法封在魔法藥水裡怎麼樣？我也可以和你一起製作唷。」

「的確，這也是可行的方法。如果對外宣傳說封入了莉特的魔法，感覺會受到佐爾丹冒險者的青睞。」

不過，莉特的「精靈斥候」基本上屬於戰士系加護，魔法終究只是隱藏招數。

「我很清楚自己的魔法本身不怎麼強。」

也許是從我的表情察覺到了，莉特有點沮喪地說道。

她自己也知道魔法只是輔助。最明顯的就是發動魔法技能需要用手指結印，但她卻是使用雙手都拿著武器的二刀流來戰鬥。

「再來是……唔～沒了！」

莉特舉起雙手，似乎是要表示自己投降了。基本上，她的加護所賦予的技能都是戰鬥類型。

相對於武器技能有上百種，製藥只需〇級調合技能就能對應所有藥品。明明藥也有形形色色的種類。

加護是為了鬥爭而存在的。雖然聖方教會的聖職者們不同意這個說法，但我覺得相比豐富且細分多項的戰鬥技能，製作系技能卻是用〇級～這種粗略的分類，顯而易見就是如此。

也就是說，在製藥方面除了僱用擁有中級以上調合技能的人以外，沒有什麼特別的方法了。

「好難喔，明明料理這麼好吃。」

莉特津津有味地吃著放在桌上的醋醃白蘿蔔章魚。

雖然她這麼稱讚，但在做成醋醃菜之前，章魚只有煮了一下，蘿蔔也是用鹽巴搓過而已。是因為有料理技能的影響，才讓簡單的料理也美味了起來。

「對了，乾脆在藥店賣料理吧？」

「這就太離譜了。我的料理技能是初級，等級也只有1而已，根本比不上專業的廚師啊。」

「但這麼好吃的話，我覺得可行耶。」

「再說，賣料理會增加工作量吧？雖然藥店稱不上多忙，但也沒有閒到能同時做其他工作喔。」

「好像是這樣沒錯，真可惜。」

莉特看起來很失望。

不過，從來沒聽說哪間藥店也有在賣料理。我不禁想要苦笑……

「賣料理的藥店？」

莉特的提議勾起我某些想法，於是我思索了起來。

「怎麼了？還是要開餐廳？」

「不是……我突然有點事情想嘗試。」

我站起身。

「要做什麼？」莉特興味盎然地跟在我後面。

我從儲藏庫裡拿出具有滋養強身效果的藥粉。這個可以用於預防疲勞和疾病，還能治感冒，但吃起來卻苦到不行。雖然很適合給身子弱的小朋友吃，不過也有可能會被吐出來。

我將少許藥粉溶於水中並混進蘋果醬裡，再把果醬塗在派皮上送入烤箱。

初級調合技能可以避免藥的性質因加熱而遭到破壞，初級料理技能則可以讓藥的苦味襯托出派的甜味。十分鐘再多一點點就能將派皮烤好。

「你拿藥來烹調呀！」

我取出烤到恰好呈焦黃色的派之後，莉特對於這個出乎意料的作法感到很驚訝。

「嘗嘗看好不好吃吧。」

我用刀子把派切成兩半。外觀是很完美的果醬派。

我們抱著祈禱成功的心情，大口吃了下去。

「很好吃呀！」

「對啊，完全沒有藥的苦味。」

這樣一來，孩子們也不會覺得自己在吃藥了吧。

「派並不耐放，做成餅乾應該比較好，馬上就來做做看吧。」

「那麼，要不要做成幾塊小餅乾供大家試吃？滋養強身藥的話，健康的人吃了也沒關係吧？」

「好主意耶。」

「那我明天就拿去發！」

我們歡欣鼓舞地拉著彼此的手。真期待明天。

＊　＊　＊

隔天，莉特拿著裝有餅乾的籃子，花了兩小時發給佐爾丹平民區和北區的農民與冒險者。

我也推薦了這段期間來藥店的幾位客人試吃看看。

「評價很不錯唷！」

「這邊也是。」

我們相視而笑。

不過，實際上能否大賣也要再等一段時間才知道吧？

就在此時，店門的鈴鐺響了。

「打擾了。」

「歡迎光臨。」

進來的是一名看起來略帶倦容的女性。

我記得她是住在平民區的一個母親，叫做瑪利雅貝爾。

「我聽說這裡有在賣藥餅乾。」

哦哦？

「是的，目前賣的是可以治感冒之類的滋養強身餅乾，要試吃看看嗎？」

「是那個很苦的藥吧……」

我遞出餅乾，而瑪利雅貝爾稍作猶豫後，下定決心大口一咬。

「咦？真好吃！這樣我家女兒應該也不會吐出來了！她感冒了，呼吸都有喘鳴聲，但就算把藥混進牛奶給她喝也會吐出來，我實在不知該怎麼辦才好。」

瑪利雅貝爾露出滿面笑容。

「請給我這個！」

她高興地這麼說道。

＊　＊　＊

藥的評價已經透過口耳相傳擴散開來了。

一到傍晚，就有許多客人來買藥餅乾。

「我要五塊。」

「好的。」

莉特站在櫃檯用靈巧的動作把餅乾裝進袋子。試吃的餅乾已經沒了，但就算沒有試吃，其他客人看到來買餅乾的人絡繹不絕也會想要買，於是餅乾轉眼間熱銷了起來。

三十分鐘後。

「非常抱歉，剛才那是最後一塊了。我們明天也會烤餅乾的，若不介意，請明天再來吧。」

我和莉特拿著空空如也的籃子向顧客們道歉。

等所有客人都離開後，我們注視著彼此並露出滿意的笑容。

然後「啪」地互相擊掌。

那種餅乾絕非高價藥，但能夠像這樣銷售一空還是很令人開心。

以往沒什麼客人的店內突然湧進大批人潮，讓我真切地意識到自己終於開店了。

「真不愧是雷德！果然很厲害耶！」

「不，這都多虧了妳給我的建議喔。」

「是嗎……那真是令人開心呢。」

莉特臉頰飛紅，害羞了起來。

總覺得莉特的這副模樣非常可愛，我便情不自禁地將她整個人抱起來。

「哇！」

其實呢，店裡第一次生意這麼好，讓我也高興到忘乎所以的地步了。

「莉特，謝謝妳願意和我在一起！如果沒有妳的話，我現在一定還在這間始終沒什麼客人的店裡獨自一人撐著臉頰站櫃檯呢！」

我一邊說著這種將來回想起來會很想摀住臉的羞恥話語，一邊抱著莉特旋轉。

而莉特明明自己發動攻勢的時候都很積極，但當我像現在這樣對她主動之後，她似乎就害羞到什麼也做不了了。

「嗯、嗯……我也以為自己在佐爾丹永遠都是一個人……能和你在一起，我真的很

開心。」

莉特用圍在脖子上的紅色方巾遮住自己酡紅的臉龐和揚起的嘴角，並含糊囁嚅地如此說道。

很遺憾的是，我可是身經百戰的勇者前隊友，感知技能也算是滿高的，所以我的耳朵絕不會在恰好的時間點突然聽不到對方說話。

「剛才那番話，我會一字一句地銘記在心的。」

我這麼說完，懷中的莉特便滿臉通紅地陷入了沉默。

不過，即使她用方巾遮住，我還是看得出她臉上綻露著欣喜的笑靨。見到如此可愛的表情，縱使沒有讀心技能，她的心意也已經清楚地傳達給我了。

幕間

洛嘉維亞的莉茲蕾特

洛嘉維亞城堡，莉特的房間。

「我該怎麼辦才好……」

莉特抱膝坐著不動。不管是師父，還是那些仰慕她的冒險者們，如今都不在了。阿修羅惡魔——錫桑丹也已經被擊潰。

由於失去了指揮官，包圍洛嘉維亞城堡的大軍一時陷入騷亂，停止了攻勢。然而，洛嘉維亞城堡依舊被魔王軍所包圍，全部的補給線都被切斷了。

物資愈來愈少，尤其是食物和燃料的遞減，嚴重影響到守城人們的士氣。

洛嘉維亞的冬天很寒冷，若失去暖身子的燃料，想必會有許多人凍死。

而食物消耗殆盡會如何，自然不言而喻。

再守下去也沒有勝算。洛嘉維亞公國本身的軍事力量導致與周邊國家在外交上出現了一些問題。特別是在魔王軍開始發動侵略之前，他們就已經和隔壁的桑蘭公國圍繞著國境附近的採石場權益而發生小規模衝突。

他們不主動低頭送出書信的話，就別想期待有援軍會來。但如今受到敵軍包圍，不可能把使者派出去。

而且，她知道魔王軍的物資十分充裕，再加上組成魔王軍的獸人士兵並不怕冬季嚴寒，洛嘉維亞的寒冷氣候反而是在為敵人助陣。

為了打破現狀，莉特在師父蓋烏斯的近衛兵隊的協助下，率領洛嘉維亞的冒險者們打算突襲魔王軍的主力部隊……

（但結果卻是如此……）

得知蓋烏斯已經遇害後，莉特的父親洛嘉維亞國王變得鬱鬱寡歡。他們兩人可以說是從小一起長大的摯友。之所以讓蓋烏斯負責教育愛女莉特，也是因為他熟知蓋烏斯的為人。

儘管如此，縱然他察覺到一絲不對勁，卻終究沒能識破錫桑丹的偷天換日之計，這讓他深受自責之苦，勇猛果敢的軍國之主就這樣失去了應戰的力氣。

莉特也一樣。她沒注意到尊為恩師的蓋烏斯被掉包而受騙上當，造成許多人喪命一事也在她心中留下深深的傷痕。

（對不起對不起對不起……）

就算打倒了仇敵錫桑丹，莉特依然沒有擺脫陰霾，只是一味地反覆謝罪。而就在此時，響起了敲門聲。

＊　＊　＊

我敲了敲莉特房間的門。雖然可以感覺到裡面有人，但沒有回應。
「莉特，我可以進去嗎？」
「……吉迪恩？」
「嗯，是我。」
「進來吧……」
打開門後，我發現莉特正坐在床上。
那雙哭腫的眼眸變得紅通通的。
「我可以坐嗎？」
看到莉特點頭，我便坐在她旁邊。
「今天的軍議在剛才結束了，說是要維持現狀繼續固守城池。」
「嗯。」
「大家都知道再拖下去只會讓處境更加惡化，但因為蓋烏斯不在了，所有人都陷入停止思考的狀態。」

「這也沒辦法啊。」

莉特的表情無比絕望，簡直像是在說「洛嘉維亞就這樣亡國也是沒辦法的事情」。她也一樣放棄了思考。照這態勢下去，洛嘉維亞真的會被魔王軍殲滅。

我身為一個外人，其實不該涉入別人的內心，但我已經做好和莉特坦誠相對的心理準備了。

「莉特。」

「…………」

「莉特！看著我！」

我抓住莉特的雙肩，強行讓她抬起臉看我。

她那雙淚水盈盈的眼眸注視著我。

「我了解妳的傷悲，也明白這個國家失去了應戰的力氣。但是，莉特，妳之前說過要守護這個國家吧？」

「嗯……」

「如果妳真的不想戰鬥的話，我不會勉強妳。但是，事實則不然。妳不是不想戰鬥，只是遭遇太多打擊而無法振作罷了。」

「也許吧，但就是不行啊。曾經那麼喜歡的劍，現在卻沒辦法使力將它握在手中了。我好怕……好怕再失去什麼。」

莉特的雙眼湧出淚水。

我把放在莉特兩肩上的手往自己輕輕一帶，她便克制不住地將臉埋進我的胸口哭了起來。

「我好怕，真的好怕……我認識那些死掉的人們。克萊普有妻子，他們去年才剛結婚，他總愛炫耀自己的妻子有多好；達尼的父親生病了，他一直非常努力在賺醫藥費；史雷伯伯再過一年就要引退，他說引退後要為孫子烤很多餅乾；波比是孤兒，他說以前被小混混纏上時是我救了他，所以當上冒險者是為了成為像我這樣的人，而我……我……告訴他要加油，一定能成為很厲害的冒險者。要是我沒說那種話……那孩子就不會死了。近衛兵們和冒險者們都是如此，全是我……」

「大家都是好人呢。」

「也有壞人喔，還有亦正亦邪的。可是，我和他們聊過天，也認得他們的長相，他們是什麼樣的性格、之前過著怎樣的生活、為什麼肯和我一起戰鬥，這些我都很清楚！但是，大家如今都不在了。我害死了那些人，誰也見不到他們了。我很害怕這樣，而且好寂寞。」

莉特嗚咽哭泣著。

我抱著她的肩膀，為了盡可能地承受她內心的悲痛，一邊感受她的眼淚，一邊繼續傾聽她的話語附和著她，偶爾催促她說下去。

不知道過了多久，莉特哭累後，整個人無力地靠在我身上。

「……………」

「我們準備了一套具體計畫要在後天實行。我們打算衝破包圍網去呼叫援軍，然後穿過幻惑森林。」

「要穿過幻惑森林？」

「一般來說是走不出去，但幸運地有一位叫做亞蘭朵菈菈的高等妖精剛好在附近的村莊，她是過去和我們一同冒險的夥伴，而她那裡也正在抵抗魔王軍。我想，負責指揮的人應該就是她。亞蘭朵菈菈擁有可以和植物心靈相通的加護，也能穿過幻惑森林。我們打算救援亞蘭朵菈菈所在的村莊，與她會合後直接去突破幻惑森林。」

魔王軍也不會對一個小村子多認真，非常有機會救出她。

「那就交給你們了。就算我不去，有勇者出面的話就能解決吧。」

然而，莉特垂下眼眸這麼說道。她臉上已沒有英雄莉特的好勝表情。

「或許吧，但這並不會成為最好的結果。」

「為什麼？讓『勇者』去做才是最好的吧？你們很強，遠比我強太多了。與其讓我去戰鬥，交給你們絕對比較好。」

「是沒錯，但這樣只會變成路過的『勇者』擅自救了你們又離開而已。」

「這樣哪裡不對嗎？」

「露緹她一定能突破幻惑森林，帶著援軍回來打倒魔王軍。但如此一來，在這場戰役贏得勝利的只有『勇者』，洛嘉維亞並沒有贏。」

「只要援軍來了，我們也會應戰的。」

「我不是這個意思。最重要的是洛嘉維亞有沒有自身意志，還有沒有尊嚴啊！」

莉特的肩膀微微震顫了一下，但她依然低垂著頭。

「莉特，仔細聽好了，這件事非常重要。」

「……嗯。」

「妳這時候必須克服悲傷，重新振作起來，和我們一起突破幻惑森林去求援，然後打倒魔王軍。」

「為什麼？」

「否則的話，這場戰役對洛嘉維亞而言，只會留下失去偉大的近衛兵長的紀錄。就算擊退了魔王軍，這段痛苦的記憶也會成為不斷刺痛這個國家的尖刺。」

「…………」

「莉特，我之前就說過妳是我的夥伴，也就是『勇者』的夥伴。」

莉特緩緩地，但同時帶著堅強的意志抬起了頭。

在哭得紅腫的眼眸中心，那藍色的瞳孔筆直地注視著我。

「讓露緹強行要求妳的父王寫下請求支援的書信並非難事。但是，我更希望由妳去說服妳的父王。我想要看到贏下這場戰役的是洛嘉維亞的意志。若不如此，縱使度過這次的難關，等『勇者』離開之後，下次魔王軍攻打過來時，你們是無力應戰的。」

「因為我們並沒有勝利。」

「沒錯。」

「……我明白了。」

莉特點了點頭。雖然眼中還有淚水，但她的表情已經展現出英雄的氣勢。

我們站起身。剩下的事情應該去會議室，而不是在寢室談。

走在前頭的莉特驀地止步，接著轉過身。

「吉迪恩……我真的很感謝你。你能和勇者一起來這個國家，和我相遇，說我是你的夥伴……並且拯救了我，真的非常謝謝你。」

莉特臉上泛起溫柔的笑意。

第五章 琥珀中的戒指

今天也有開店。

我在準備明天要寄給紐曼的藥，看店的工作就交給莉特。偶爾會聽到「咦？莉特小姐？」的驚呼聲，但並沒有發生什麼大問題。

「消息傳開也只是時間的問題了吧。」

佐爾丹最強的冒險者辭掉原本的工作，變成藥店的店員。

要是傳開的話，應該會引起軒然大波吧。一開始莉特提出要在店裡工作時，若說我沒覺得麻煩是騙人的……但我現在已經沒有那種想法了。

「儘管這麼說，又該怎麼辦才好啊？」

要去跟另一名B級冒險者亞爾貝交代一聲嗎？對那傢伙而言，這樣他就能從佐爾丹排名第二的冒險者升到第一名。不過，我之前只跟他說過一次話，幾乎不認識。

倒不如說，冒險者沒有任何福利保障，引退後也沒離職金和年金，有需要這麼講求情面嗎？冒險者難道不是想當就當、想辭就辭的自由職業嗎？

「沒錯、沒錯，就算引起騷動也不甘我的事。」

想來想去，最後只得出這種自暴自棄的結論來說服自己。我將注意力集中在剩下的工作中，留待以後再思考這個問題。

＊　＊　＊

一天結束，夕陽西下。

這座城市的工作通常在臨近日落時分就會結束，人們會在晚霞中踏上歸途。因此，希望客人返家途中能來消費的商店，在日落之後還會再營業一陣子；而結束工作的客人所前往的娛樂區則是從傍晚營業到深夜。

我的雷德＆莉特藥草店也是營業到日落，所以離打烊還有一小時左右。

我和莉特現在都坐在櫃檯，一邊閒聊一邊等客人上門。

「啊，對了，我想喝蜂蜜酒(Mead)。」

「好突然啊，怎麼了？」

「沒啦，也沒什麼特別的理由，就忽然間非常想喝。」

「哦，確實會有這種時候呢。不過我家沒有蜂蜜酒耶。」

蜂蜜酒顧名思義，就是用蜂蜜做的酒。雖然不是高級酒，但以一般飲品而言略貴。具體來說，平價的葡萄酒一瓶是0．25佩利：一枚四分之一佩利銀幣；而一瓶蜂蜜酒要2佩利，也就是葡萄酒的八倍。

順帶一提，一杯咖啡是0．01佩利：一枚克蒙銅幣；一杯威士忌是0．1佩利：十枚克蒙銅幣。

至於平民的好朋友麥芽酒和蘋果酒，壺裝四公升是0．5佩利：五十枚克蒙銅幣：兩枚四分之一佩利銀幣。

我家只有壺裝蘋果酒，以及很久之前在山上幫一種叫做祖各(Zoog)的魔物療傷時，對方給我一只皮袋當作醫藥費，裡面裝著以樹液為原料的烈酒。

「我可以去買嗎？」

「也行，趁打烊前去買回來吧。」

「謝謝！晚餐要做適合搭配蜂蜜酒的料理唷。」

「好，那今天就吃麵包和比較濃郁的料理吧。一邊吃飯後甜點的蘋果一邊喝也不錯。昨天買的材料應該就夠用了。」

我點頭後，莉特就飛也似的化作一陣風衝出門去了。這不是比喻，而是她的加護賦予了她超人般的體能。

「不過……為什麼會突然想到蜂蜜酒啊？」

而且還那麼想喝。當我一邊思考，一邊發著呆感受時間流逝而去之際，店門被打開，響起清脆的鈴聲。

「歡迎光……臨。」

我忍不住眨眨眼，確認自己是否看錯了。

「這店可真小啊。」

「你好。」

站在那裡的是如今已成為城內第一冒險者的男人——B級冒險者亞爾貝。他依舊是一副不可一世又愛耍派頭的模樣。

「呃，你想要什麼藥？」

我本來已經決定不去找他，沒想到他自己跑過來了。

「哼，我才不是來買藥的。」

「…………」

不知怎地，我有一種麻煩的預感。老實說，我很想告訴他沒要買東西就出去。但亞爾貝在城內冒險者之間具有不小的影響力，要是冷漠以待的話，對今後的生意也不好。

因此，我選擇先保持沉默。

「…………」

「…………」

雖然嘴上說不買，他卻毫不客氣地打量著店內，搞不懂他是何居心。

「你有這種店就滿足了？」

原來如此，專程來找碴的嗎？

「很滿足啊。」

但我才不會上鉤。於是，我愛理不理地隨口應付過去。

「我有自己的店、願意買我做的東西的客人、足以讓人生過得多采多姿的收入、可愛的同居人……」

「同居人？」

我不小心說溜嘴了。

「咳咳，總之我對這間店很滿意。雖然不知道你來幹什麼，但我不會回應你的期待的，你只是在浪費時間喔。」

「這種幸福有夠廉價，到底是沒享受過榮華富貴的傢伙。」

他露出充滿諷刺的笑容，但我以前當騎士團副團長時，過的也是貴族水準的生活，所以無法對我造成任何傷害。

我撐著臉頰，回他一個再露骨不過的嫌麻煩表情。

「……算了。喂，D級。」

「幹麼？還有事嗎？」

「我就直接問了，春天出現的那隻鴞熊是你殺的嗎？」

「你在說什麼啊？消滅鴞熊的是你吧？」

原來如此，他察覺到是我打倒了鴞熊啊？沒想到在那種火災現場還能注意到牠身上多出來的傷口，看來再怎樣也好歹還是B級。

「對鴞熊造成致命一擊的傷口並不是我的劍留下的。那應該是更鈍的刃物，比如說……你的銅劍之類的。」

「喂喂喂，我可是D級冒險者耶，哪可能砍倒鴞熊啊。」

我話音剛落，亞爾貝的身體便散發出殺氣。

不是吧，這傢伙竟然想發動攻擊試探我啊？儘管我立刻發現他的意圖，但我不曉得他會點到為止，還是真的抱著殺意砍過來。

「我再問一次，擊殺鴞熊的是你吧，雷德？」

「就說了不是我啊。」

亞爾貝蹬地而起。

與此同時，他從腰間拔出長劍，對準我的肩口揮砍而下。

劍尖在我的脖子跟前乍然停下。

「唔哇！」

我慢半拍地跌坐在地上。

亞爾貝低頭看我，毫不掩飾自己的失望。

「本來想邀你入隊的，看來是我誤會了。」

真是的，要演出弱小無力的感覺也不容易啊。就在此時，吹來一陣風。

「啊。」

驟然刮起的強風穿過了亞爾貝的背後。這應該是最貼切的形容吧。

莉特的雙劍從背後襲擊亞爾貝。

亞爾貝光是反應得過來就很厲害了。

然而，由於他是以不完全的姿勢接住攻擊，所以他的劍「啪鏘」地發出非常掃興的聲音，被莉特的劍斬成了兩截。

儘管如此，也許是抵銷了衝擊，亞爾貝倒下來勉強躲過莉特的劍。出乎意料的是，他現在的姿勢跟我剛才故意跌坐在地上的模樣很像。不過也就到此為止了。憑這個姿勢是躲不掉下一招的，縱使想反擊，劍也已經斷了。

「慢著，莉特！」

我連忙出聲制止，而莉特的劍則猛然停住。

她將劍尖瞄準亞爾貝的眉間，就這樣後退了一步。她的眼神充滿殺氣，彷彿要射殺對方似的。

「莉、莉特？妳怎麼會在這裡？」

「亞爾貝，你在對我最重要的人做什麼？我會根據你的回答決定要不要殺你。」

「啊，唔……」

這是與魔王軍交過手的劍士所釋放的真實殺氣。亞爾貝的嘴巴一張一合地顫抖著。

「他說是來邀我入隊的，剛才那好像是測試。」

聽我這麼一說，莉特便狠狠地瞪著亞爾貝。

我聳聳肩，揮了揮手示意已經夠了。

莉特一臉不滿地收起劍。

「呼。」

旁觀的我反而還比較緊張。亞爾貝搖搖晃晃地站起身，轉頭看向我「剛剛還待著」的櫃檯，接著又轉頭看向站在入口附近的我。

「為什麼你在那裡……幾時過去的？」

「我不想被莉特的攻勢波及到啊。」

亞爾貝偏過頭。

「快滾啦。」

「噫！」

受到莉特的威嚇，他趕忙離開了藥店。

「雷德！你沒事吧？有受傷嗎？」

「怎麼可能受傷啦。」

「太好了，不過那傢伙竟敢對你拔劍，到底是想幹麼啊？我果然還是該殺了他吧？就說是正當防衛。」

「佐爾丹如今只剩他一個B級冒險者，妳可不能殺了他啊。再怎麼說他也是佐爾丹不可或缺的一名人物。」

「是嗎？」

聊著聊著，莉特釋放出來的殺氣就平息了，恢復平常的氛圍。

「再說雷德你也有錯喔，竟然冒那麼大的險，你應該直接反擊才對嘛！」

「沒事、沒事，我覺得他多半會點到為止。」

「萬一沒有怎麼辦啊！」

「到時我會反擊的。」

「在劍刃幾乎要碰到皮膚的距離下，你要怎麼反擊啊……莫非，你真的做得到？」

「這個嘛，誰知道呢？」

不過，不談這個了。

「話說回來，莉特，妳又何必把專程買來的蜂蜜酒給丟出去呢？」

我舉起剛才接住的蜂蜜酒袋子，而莉特則漲紅了臉龐。

「抱、抱歉，一不小心就……」

「沒關係，謝謝妳。無論如何，看到妳為我生那麼大的氣還是讓我很開心。」

我之所以衝出櫃檯，就是要接住莉特扔開的蜂蜜酒。費了那麼大的勁，好不容易才在亞爾貝面前隱瞞住實力，卻為了區區蜂蜜酒而展現一部分的力量豈不搞笑……但是，這是莉特想喝的酒，我不想因為自己的緣故害它被打破。

「那麼，雖然時間還有點早，但差不多可以打烊了，清點完營業額就吃飯吧。畢竟是妳專程買回來的，我們今晚就一起慢慢喝好了。」

「……嗯！」

雖然有一股事情會變麻煩的預感，但還是先享受當下吧。

不然等麻煩真的來了可就虧大了。

至於為什麼是蜂蜜酒……我很久以後才去問莉特這個問題。據她所說，洛嘉維亞的新婚夫婦會休假一個月，一邊喝蜂蜜酒，一邊享受蜜月時光。

她向我坦承……她偶然想起這件事之後，便不管怎樣都想跟我一起喝蜂蜜酒。

聽完這些，我們彼此都不禁面紅耳赤了起來。

＊　＊　＊

＊　＊　＊

在莉特把亞爾貝轟出店的三天後。

今天是固定店休日，所以我和莉特外出了。

石室內，三名男子腰纏毛巾，渾身大汗淋漓。

半妖精岡茲靜靜地垂著頭，注視從自己臉上滴到腳邊毛巾上的汗水。

半獸人史托姆桑達雙臂環胸，靜心忍耐。

而我則一邊煩惱著該如何逃離這場無聊的毅力較勁，一邊祈禱著誰趕緊出去。

「呼～～～」

史托姆桑達深深地吐出一口氣。哦，要出去了嗎？

「身體終於暖起來了啊。」

他這麼說著，那張尖牙外露的嘴巴勾起一抹賊笑。是怎樣？我們又沒有在比賽！

「嘿，的確，今天爐子的狀態不太好呢。」

岡茲也抬起冒著大汗的臉，露出大膽無畏的笑容。

停停停，你們是在較什麼勁啊？我們只不過是來這間「公共桑拿」流個汗而已吧？

「「盯——」」

為什麼這時候要看我啊？你們對我有什麼期待嗎？然而，那兩人的視線始終緊盯著不放。唉，真是的，沒辦法了。

我站起來，走向圍著爐子的石頭。

接著，我從旁邊的水甕裡掬起水，澆到滾燙的石頭上。

隨著「咻～」的聲響，石頭冒出了蒸氣。

積蓄在石頭內的熱能被釋放出去，化為白色的熱氣在室內擴散開來。

「稍微暖和一點了嗎？」

「「嗯！」」

我們三人彼此心照不宣地笑了起來。

＊　＊　＊

「哥哥怎麼還是這麼不服輸啊，真受不了！」

岡茲的妹妹娜歐一邊在因為腦充血而倒下的岡茲額頭上放濕毛巾，一邊感到傻眼地說道。

「嘿、嘿嘿，忘記今天有點感冒了。」

岡茲都搞成這副模樣卻還在嘴硬逞強，真該讚賞他果然是典型的市井性格。

不過，我和史托姆桑達也在各方面都瀕臨極限了，所以很感謝岡茲讓我們有出去外面的藉口。

「真是的，可別掛在我家的桑拿裡啊！」

這間公共桑拿的老闆叫做傑夫，是個差不多要邁入老年的男人。

「難得莉特小姐蒞臨，明明是個值得慶祝的日子。」

而莉特本人現在正一手插著腰，大口灌下今早剛擠好的新鮮牛奶。

「唔哈！」

她喝得也太津津有味了，我也來一瓶吧。

「話說回來，客人好少啊。」

史托姆桑達環視四周，喃喃說道。

這間桑拿店似乎是擁有六十年以上歷史的老店。

桑拿室有兩間，分為男用和女用。桑拿室外面有清洗身體的盥洗處，可以在那邊沖掉汗水，清潔身體。

除此之外也有在販售牛奶、果實酒和啤酒等飲品。在盥洗處冷卻身子後，還能順便買東西來喝。

阿瓦隆大陸的人民都很喜歡澡堂和桑拿。

雖然家裡有浴室的人不多，但相對地，很多家庭會裝設小型的桑拿室。

在這個位於亞熱帶的佐爾丹，特地跑進熱死人的桑拿，再用冷水沖全身圖個爽快，是佐爾丹特有的避暑方法。不過，大家到了冬天也會洗桑拿浴就是了。

店員只有老闆和一名來打工的青年。從清掃房間、販賣飲品到調整爐子等一切工作都由他們兩人包辦。

「老爹啊，這樣不要緊嗎？」

聽到史托姆桑達這麼說，傑夫便聳了聳肩。

「畢竟我這裡很老舊了嘛。」

客流量之所以減少，大概是因為最近新開了一間公共澡堂吧。

那是嚮往中央風氣的貴族所開設的澡堂，同時兼具桑拿和澡堂。

不同於佐爾丹普遍使用爐子來洗桑拿浴的作法，那裡的桑拿是利用設置在地板下的火源來為水加熱，然後讓蒸氣溫暖整間室內，是還滿大規模的設備。為此還從河川新拉了一條水道，毫無節制地消耗掉大量的水資源。

雖然這可能比較貼近貴族的愛好，但討厭中央風氣的佐爾丹市井平民卻也非常喜愛。相較於佐爾丹式桑拿，可以在更高溫多濕的桑拿中流汗、盡情地大沖冷水，也能泡在注滿熱水的浴池裡暖暖身子。

不僅如此，那裡還是一個設有餐廳、酒館、理髮店，甚至連按摩店都有的豪華綜合娛樂設施。

「對手有點太強了啊。」

傑夫看起來已經放棄了。

「公共澡堂是能夠讓市民和貴族將權勢和衣服一起脫掉，以個人身分互相交換意見的地方。」

這句話似乎出自前前任國王。因此他們配合中央的風氣，在平民區和中央區的交界處蓋了一座新的公共澡堂。

拜此所賜，平民區的公共桑拿和澡堂都流失大量客人。

「真是的！連架都還沒打就要逃走嗎！結果還很難說吧！」

娜歐在一旁大聲說道。說起來，她好像提過自己從小就會來這裡洗桑拿浴。她對這個地方的依戀，想必也不同於從外地搬過來的我和史托姆桑達。

但是，傑夫的反應很消極。

「我可蓋不出那麼大型的設備啊，而且光是請一個打工人員，人事費就很吃不消了。妳知道那邊僱了多少員工嗎？我自己也沒數過就是了。」

娜歐一臉不甘心地跺了跺腳，但似乎還是勉勉強強接受了老闆的說法。

「……唔唔，什麼嘛！趁這裡還在的時候，我會盡量多來的。還有飲料也是！給我啤酒！」

「來了。」

傑夫苦笑著將啤酒倒滿整個啤酒杯。

娜歐出人意表怒氣衝天的模樣，讓我、莉特還有史托姆桑達都嚇到了。

不過，可以從她的話語裡感受到她對這間店寄予的深厚情感。

「老爹，我也會常來的。」

「我也是！我會和雷德一起來暖和身子的。」

我和莉特也這麼宣布道，而史托姆桑達和岡茲也點點頭。

「你們還真是一群怪咖啊。」

傑夫長著皺紋的臉上泛起笑意，並擺了擺手。

「總覺得大家這樣很溫馨呢。」

莉特這麼說道，表情裡參雜著落寞與喜悅。

我才搬來這裡一年，莉特也只在佐爾丹住了兩年左右，但看到這一幕情景還是會有點感傷。

「唔……」

我忍不住開始思索開藥店的我能做些什麼。

不過，我並沒有馬上想到好點子，這一天大家好好地暖過身子之後，便帶著滿足的表情回去了。

＊　＊　＊

「嗨，老爹，我們又來洗桑拿了。」

「哦，是雷德、娜歐和莉特小姐啊。我今天已經打烊了耶……」

對我和娜歐是直呼名字，對莉特則加上敬稱。不過也沒辦法，誰教對方是佐爾丹首屈一指的冒險者莉特。

「是說，你手裡的袋子是什麼？」

老闆傑夫眼尖地看向我手上的布袋。

「感覺有一股香味。」

「真厲害，立刻就被你發現了。我們今天是來找你商量要不要試試看這個的。」

那天之後，娜歐來到我的店裡一邊吃晚餐，一邊討論該如何讓傑夫的桑拿店繼續開下去。

包含莉特在內，我們三人討論過後，很快就一致認為需要加入貴族大澡堂沒有的「某種要素」，但遲遲想不到這個「某種要素」是什麼。就在這時候，我想起野妖精的「煙燻治療」。

野妖精這支種族是滅亡於遙遠過去的古代妖精的末裔，她們捨棄文明，在山中祕境過著原始的生活。因為沒有文明，所以也沒有衣服，都是全裸的。

雖然她們的身體應該比人類強健，但既沒有衣服也沒有專業工具的情況下，要在山上討生活還是很艱辛，有時候也會生病。

遇到這種時候，野妖精使用的治療方法就是煙燻治療。

她們會借用熊冬眠時使用的洞穴，用土器熬煮放了各種藥草的湯，再透過藥草湯的蒸氣來暖和、醫治身體。

我在想，或許可以把這個方法運用在佐爾丹的桑拿上，於是就做了這個香袋。

「這裡面裝著香草，吊在爐子上面就能讓香草的香味隨著蒸氣一起擴散到整間桑拿室，而且對喉嚨也很好。」

說到香袋本身的效能嘛，雖然我無法立刻調配出帶有特殊效果的組合，但香氣本來就會使人心情舒暢，我挑的也是具有放鬆效果的香草。

「怎麼樣？要是有用的話，我就定期調配香袋送過來。」

「確實是沒聽過這種桑拿浴啦，但真的可行嗎？」

「所以接下來就要測試看看囉。」

我家沒有家庭式桑拿室。

對於這個香袋，我們先在娜歐家把它放在裝著水的鍋子上，用蒸氣燻一燻確認香氣了，但畢竟沒有實際測試過桑拿浴的情況，所以無法評價。

「哦？你們幾個真的是怪咖耶，外行人的想法能奏效嗎？」

雖然傑夫嘴上這麼說，看他的表情卻笑得很開心。

「不過，既然你們特地幫忙想出這個點子，咱們就試試看吧。」

＊　＊　＊

「這可不得了。」

傑夫看起來很驚訝。

「真是超乎我的預期啊，原來香氣在桑拿中會這麼突出。」

我把香袋吊在爐子上，用水澆幾次周圍的石頭使其噴出蒸氣後，令人心曠神怡的香氣就在桑拿室裡擴散開來。

香氣遠比預期中的還要棒，連身為製作者的我都吃了一驚。

「桑拿真是厲害呢，竟然能帶出如此好聞的香氣。虧我開公共桑拿店這麼久，看來要學的東西還多得很啊。」

「怎麼樣？這樣一來，桑拿店就能繼續開下去了吧？」

娜歐抱著期待這麼問傑夫，但也有點擔心如果還是被駁回該如何是好。

傑夫放聲大笑。他瞇起眼睛，抖動著肩膀，顯得非常愉快。

「是啊，這樣說不定客人就比較願意來我這裡了，畢竟那邊的大桑拿沒有這種巧思嘛……而且，我本來以為自己對桑拿瞭若指掌了，但就我這副模樣，要對桑拿店感到厭倦似乎還為時過早啊。」

傑夫長年經營公共桑拿店，應該覺得自己做了一切身為老闆所能做的事情了吧。他的店每天都會配合外面的氣溫和天氣，更改爐子的調節和周圍石頭的配置等細微部分。

他可能很有自信地認為以桑拿店老闆而言，自己已經達到了某種巔峰。所以他覺得如果這樣還是贏不了那間大型店也無可奈何，因而萌生放棄的念頭。

「好久沒有這種謙遜的心情了。謝謝你們啦，雷德，娜歐，莉特小姐。」

自己還是有要學的東西，這讓傑夫很不甘心，同時也感到欣喜。

這就是他的心境吧？他的表情很開朗。

「雷德的香袋我買了。店也會再繼續經營一段時日的。」

「太好了！」

娜歐開心得跳了起來。

她抱住莉特，露出滿面笑容。成功守護住陪伴自己長大的地方，應該格外令她感到喜悅吧。

「謝謝惠顧。」

我也笑著說道。下次去山上多採一點香草回來好了。

＊　＊　＊

「呼～」

我坐在鋪好的毛巾上，一邊沉浸在舒服的香草芬芳中，一邊蒸桑拿流汗。

因為傑夫說，既然人都來了就洗個桑拿吧。

「連我自己都覺得這點子超棒的，這算是桑拿的革新了吧。」

現在只有我一人，所以我才敢這樣自吹自擂。

在店家打烊後慢慢洗桑拿也很不錯。傑夫也說了愛洗多久就洗多久，那我就洗個三輪吧。

就在此時，桑拿室的厚重門扉嘎吱一聲打開了。

「哇！真的好香唷。」

「對呀！這樣一定會有更多客人上門的。」

進來的是莉特和娜歐。

「妳、妳們兩個！幹麼進來啦！」

我連忙把鋪著的毛巾纏在腰上。

她們兩人雖然身上都纏著浴巾，但豐滿的胸部感覺快要從浴巾裡掉出來了。

莉特很有料，但娜歐也毫不遜色。

「因為都給你獨占太不公平了啊！」

「就是嘛、就是嘛。」

「不是啦，就算這樣也不該裸著進來啊。」

有的地方混浴很正常，但這一帶基本上是男女分開，即使要混浴也通常會穿泳衣。

「有什麼關係嘛，這裡不就只有你而已。」

「不不不，這可不行，而且娜歐可是有夫之婦耶。」

竟然一起洗桑拿，這樣太對不起娜歐的丈夫米德了。

然而，娜歐卻露出愣住的表情。

「咦，娜歐小姐那是什麼反應？」

「哈哈哈，反正有裹著浴巾呀，沒問題啦！」

娜歐就在裹著浴巾的狀態下雙手插腰，豪爽地笑了起來。

「我知道了啦！那我出去總行了吧！」

雖然很捨不得這個帶有香氛的桑拿，但也沒辦法。

不過，莉特張開雙手，擋住想要出去的我。

「妳、妳幹麼啦……」

「又、又沒關係，一起洗嘛。」

莉特的視線稍微往旁邊移，滿臉通紅地這麼說道。

「你怎麼可以讓女孩子說出這種話呢？」

娜歐那張端麗的妖精臉孔浮現一抹賊兮兮的壞笑。

「是男人就好好接受人家的心意啊。」

「唔。」

娜歐確實說得有道理。

莉特顯然覺得很難為情，一張臉紅得要命。讓她做到這種地步還逃走的話，我這男人就當得太窩囊了。

這樣的思緒不停在我腦中打轉，我動作僵硬地走回原本的位置。

莉特意外溫順地跟在後面，然後坐在我的左邊。

「哈哈哈，又不是青春期的小孩子，你們兩個犯不著臉都紅成那樣吧。」

娜歐說完，感到有趣地笑了。她坐在離我們稍遠的位置。

她一邊大剌剌地盯著我們看一邊竊笑的模樣，實在很像愛聊是非的市井居民。

「話說回來，莉特真厲害呢。」

「什麼厲害？」

「就是妳看雷德的眼光非常準呀，畢竟他可是中央區那些貴族都無法相比擬的好男人呢。」

「嘿嘿嘿。」

莉特開心地笑了，但當著我的面講這種事情我可承受不住。我知道自己臉紅了，不過就當作是洗桑拿害的吧。

「雷德是我家孩子的恩人。雖然因為萬年D級的緣故，有的人會瞧不起他，但他其實很專業喔，能把採藥草這個自己的工作做到盡善盡美。」

「嗯嗯嗯，從我們初次見面的時候，雷德就是個能完美地做好自己工作的人。就算到了佐爾丹，他的這一點也還是沒變呢。」

裹著浴巾的兩人，在桑拿的熱氣中大聊特聊我的事情。莉特也在可以透露的範圍內，將我在洛嘉維亞跟她待在一起時的種種告訴娜歐。

這兩人應該是最近經由我介紹才認識的，但看起來已經像是很要好的朋友了。

大概是在討論該如何不讓這間桑拿店倒掉的時候成為朋友的吧。

「雷德。」

莉特看向坐在旁邊的我。她肩膀滲出的薄汗讓我的內心猛地一跳。

「下次大家再一起來洗桑拿吧。」

莉特說完，嫣然一笑。

透過香袋這個全新的嘗試，讓這間桑拿店在平民區成為熱議話題，又跟之前一樣有許多客人光顧了。

我的店也因為簽下定期補充香袋的契約，帶動了營業額的成長。

而且，看著娜歐一家子一邊開心地聊天，一邊從桑拿走回家的模樣，我就會感受到類似過去在勇者隊伍時救下村莊的成就感，這讓我很開心。

＊　＊　＊

與傑夫簽訂香袋契約的第二天，當我正在準備開店的時候，聽到外面不知道在吵什麼。我到外面一看，便發現是冒險者公會的幹部、商人和工藝師等各種公會的人員、官員以及貴族等一大群人神色嚴厲地並排站在店的前面。

「呃，你們是來買藥……我想不是吧？」

他們身上的衣服都是上等布料，還綴著絢麗刺繡。保守一點估計大概也不會低於50佩利。

他們互相看來看去。接著，冒險者公會幹部迦勒汀作為代表走到我面前，他的身高將近兩公尺。

「雷德，我們有件事想問你。莉特……前B級冒險者莉特真的在你家嗎？」

佐爾丹的高層終於為了莉特的事情找上門來了。

「是真的啊。我現在和莉特一起生活，她也在我的店裡幫忙。」

這些肩負佐爾丹中樞重任的男人們騷動了起來。

「我想找莉特談談。」

「可以啊，但現在還在準備開店，莉特也在確認庫存，要談等她忙完再談吧。」

「什……你這傢伙！想讓我們等嗎！」

後方有人這麼喊道。

「莉特可是我的員工。她現在正在履行重要的職責，除非是人命關天的事情才要另當別論，但你們的事等個三十分鐘再說也無所謂吧？」

「這是你能夠擅自決定的事情嗎？應該先告訴莉特一聲，看她願不願意讓我們等才對吧？」

「我很了解她的。」

「……還真是天大的自信啊，雷德。我竟不知道你還有這樣的一面。」

「我比較驚訝你認得我這個D級冒險者。」

「所有在籍的冒險者的長相和經歷我都記得一清二楚。」

迦勒汀表情未變地說道。他那猶如居高臨下的冰冷視線，換作一般冒險者想必會忍不住打哆嗦吧。

這名幹部曾在上一代的B級隊伍效力，即使過了全盛時期，依然還保有威懾感。

不過，我之前的隊友達南被稱為競技場破壞者，眼神更加可怕，所以這種視線沒什麼大不了的。

我們約莫互瞪了一分鐘之後，迦勒汀露出類似讚許的表情。

「……我明白了，那就等一會兒吧。」

「非常感謝你的配合。」

雖然還能聽到抱怨的聲音，但我就像話已經說完似的返回店內。

接著過了二十分鐘左右，莉特從儲藏庫把要補貨的藥品裝在籃子裡拿了過來。

「辛苦了，交給我來上架吧。」

「沒關係啦，讓我做完吧。那些大人物來了吧？就讓他們等著吧。」

莉特吐了吐舌頭。

我露出苦笑，開始確認櫃檯裡的零錢。

清點克蒙銅幣、四分之一佩利銀幣，以及佩利銀幣的數量。

「好，搞定。那我去拒絕他們，很快就回來，畢竟我可是這裡的店員呢。」

「嗯，莉特不在我會很傷腦筋的，快去快回啊。」

莉特衝著我開心地甜甜一笑。

她走向店外，同時有一名瘦小的男人進入了店內。

他剛才也在外面那群人之中。

「我記得你是盜賊公會的。」

「竟然認識我，你這D級倒是見多識廣啊。」

這名瘦小的男人乍看之下只是微不足道的小角色，但他的身段是經歷過無數腥風血雨的人才會有的，再加上他的目光不會看著對象的眼睛，而是注視著手腳，這是長久以來都置身在隨時會遭到背叛的危險中，既凶狠又優秀的膽小鬼的特徵。

盜賊公會是掌管地下社會的組織。在其他地方叫做黑手黨或幫派，在東方似乎會叫做黑道。

雖然是犯罪組織，但表面上是避免扒手和強盜之類的犯罪者失控的合法組織，光明正大地在政治中樞的一角建立權力。

至於這種惡究竟是必要之惡還是純粹的邪惡，就不是我該思考的問題了。

盜賊公會向冒險者公會發布委託的次數並不少，發生問題的時候應該也委託過莉特來解決吧。

但基本上，盜賊公會的高難度委託都是由亞爾貝包辦才對。亞爾貝和盜賊公會長葛爾加的好交情是眾所皆知的。

「我看其他人好像想要說服莉特，但對方可是英雄，要什麼有什麼。我和那群傢伙都拿不出保證可以讓那種英雄改變主意的東西，所以和她談也是白費工夫。」

要什麼有什麼……這男的又有多了解莉特？

「所以你來找我？」

盜賊公會的男人嘴角扭曲一笑，從懷裡拿出上鎖的小盒子在我面前打開。

盒子裡的紅色絲綢上，擺著一枚用純淨的妖精白金製作的妖精硬幣。

妖精硬幣是這座大陸上價值最高的貨幣，相當於一萬佩利。

這種稀有硬幣所使用的材料妖精白金，是在古代妖精的時代製造出來的金屬，精鍊方法現在已經失傳了。也就是說，別說偽造了，根本沒有一個國家的鑄造師做得出來。

它比鋼鐵還要硬，對高溫、酸以及腐蝕都有抗性。最重要的是，如果在拿著這個金屬的情況下接觸自己的加護，雖然金屬會變成毫無價值的鉛塊，但可以在短短一分鐘內使用加護持有技能提高一級之後的力量。

一般老百姓自不必說，連商人之間交易也不會使用這種東西。頂多只有國家之間的交易會用到，與其說是硬幣，更該歸類為財寶。

不過，和露緹他們一起旅行的時候，都是毫不客氣地當作和強敵戰鬥時的興奮劑來使用……當然用的人是除了我以外的其他夥伴。我只有通用技能，就算讓技能提高一級也沒多大的意義。

總之，雖然我很久沒看到這玩意兒了，但目前來說也沒有多稀罕。只要調查古代妖精遺跡的深處就能找到不少，只不過幾乎沒有冒險者隊伍能走到那麼深的地方就是了。

然而，就算是盜賊公會的幹部，似乎也沒有想到我早看慣妖精硬幣。那男的誤以為我的反應是感到吃驚，於是得意地繼續說下去。

「你會驚訝也是正常的，畢竟這可是一般人一生都見不到一次的夢幻逸品。這是妖精硬幣，你至少聽過名字吧？」

「嗯，我知道。」

「那就省事多了，可以用這個換你與莉特斷絕關係嗎？有這麼多錢的話，你也不必在這種小店汲汲營營，請人來工作逍遙多了，對吧？而且對莉特來說，當冒險者更能幫助到這個世界，對她自己也比較好。你會過得幸福，她會過得幸福，我們也會過得幸福，皆大歡喜。要是缺女人的話，我們可以幫你準備，那可是摸一下就足以令人背脊打顫的美女喔。你能想像嗎？一晚就要五十枚佩利銀幣的女人。不是半圓的四分之一佩利，而是完整的五十枚佩利銀幣喔。」

這男的還沒闖出名聲時，可能曾在風化區負責拉客吧。看這能言善道的模樣，真是嫻熟。

不過……

「太便宜了。」

「嗄？」

「莉特是無價之寶。就算你捧一千枚妖精硬幣來，我也不會讓出去的。」

「什麼？你……」

「再說。」

我壓低聲音，避免聽力超乎常人的莉特聽到。

「莉特可是比一晚50佩利的女人好上無數倍。」

也許是察覺到我絲毫不給他見縫插針的機會，盜賊公會的男人微微嘖了一聲，把小盒子鎖起來收入懷中。

「拿出一萬佩利竟然都不為所動，真不知你是大人物還是個笨蛋。」

「就是明白她的價值在一萬佩利以上，盜賊公會才會開出一萬佩利吧？」

男人的表情很難看。

「你說的沒錯。真是的，該說不愧是莉特選上的男人嗎，明明是D級卻如此處變不驚……不過，要是你改變主意的話，隨時可以聯絡我，要議價也行。」

「我不需要，你就死了這條心吧。」

儘管如此，男人還是把寫著自己名字的名片放在櫃檯，然後閃身離開店內。

＊　＊　＊

在外面的騷亂中，雖然莉特態度堅定地拒絕了，對方卻遲遲不肯放棄。

「是報酬的問題嗎？」

「不是！」

「我們可以給妳更高的待遇。」

「不需要！」

「也可以特別授予爵位。」

「請容我嚴正拒絕！」

「要男人的話不如選我家兒子。」

「「你在胡說什麼啊！」」

最後一人也被周圍的人吐槽，沮喪地退了下去。

「唉~真是夠了，你們給我適可而止吧！」

莉特終於忍無可忍地吼道。

「我已經和雷德簽下終身僱用契約了！從冒險者的身分引退了！要是你們敢找雷德麻煩，讓他想離開這個城市的話，我也會一起走的！」

竟然說終身契約。看來有人暗示要阻撓我做生意，於是惹怒了莉特。

莉特的這番話，似乎以我不知道的形式確立了曖昧不明的模糊地帶，讓這些佐爾丹高層終於斷念而歸。

她氣呼呼地回來後，一看到我的表情，便露出窘困的神色。

「外面的聲音你都聽到了？」

「誰教妳吼得那麼大聲。」

「……那個，你在生氣嗎？因為他們一直糾纏不休，又講些莫名其妙的話，所以我忍不住就……」

我對她招了招手，於是她有點惴惴不安地走了過來。

我輕輕伸出右手。

「把手伸出來。」

「？」

莉特照我說的伸出手後，我便用雙手包住她的手。

「雷、雷德？」

「這是禮物。」

我把打算在第一次發薪日送莉特的東西塞進她手中。

「咦……」

「對妳來說可能是便宜貨就是了，但這是終身僱用契約的訂金。」

「哇！是琥珀手環！」

莉特手中的，是在皮帶上鑲著一顆琥珀的手環。我並沒有在謙虛，這對冒險者來說真的不是多貴的東西……

「這是……」

莉特凝視著琥珀。

琥珀是樹液化石化的寶石。由於原本是液體，因此在變成化石前有可能會夾著樹皮或花瓣在裡面。

我送給莉特的琥珀，裡面封著形似戒指的葉子。

「訂金呀……」

莉特笑了笑，開玩笑地把琥珀抵在左手無名指上。

「要是收到這種東西，我真的誤會唷。」

說完後，也許是感到害羞，只見莉特用脖子上的方巾遮住嘴巴。

「誤會？那我有一樣東西想趁妳誤會的時候買……告訴我妳喜歡什麼寶石吧。」

啊啊，可惡，不要臉紅成這樣啊，連我都害羞起來了。

「……只要是雷德選的，我都喜歡唷。」

可惜加護不會賦予戀愛的技能。

我們身為征戰無數的劍士，卻笨拙地互訴青澀的話語……儘管如此，至少我非常珍惜這樣的時光。

第六章 火術士狄爾的策略

約兩年前，洛嘉維亞公國。

英雄莉特，也就是莉茲蕾特．渥夫．洛嘉維亞公主重新振作了起來。

她成功說服父親洛嘉維亞國王寫下親筆信，以轉讓水源地和採石場的權利或承認交易優先權等各種條件為代價，向周邊諸國請求援軍。

求援對象是洛嘉維亞公國的鄰國——桑蘭公國與貝禮亞共和國這兩大勢力。

桑蘭公國位於幻惑森林的另一端，來自這個國家的援軍尤其重要，是影響勝負的重大關鍵。

也許是鄰國間的常態，洛嘉維亞公國和桑蘭公國在魔王軍發動侵略之前就小規模衝突不斷，近乎敵對狀態。而貝禮亞共和國支持桑蘭公國的主張，因此與洛嘉維亞公國的關係也很糟。

但是，若想拯救洛嘉維亞的話，必定要得到這兩個國家的協助。

結束最後一次軍事會議後，我一邊舒緩因為精神上的疲勞而僵硬的肩膀，一邊在走廊上前進。

「哥哥。」

一道聲音叫住了我。

藍髮勇者用一貫的平靜表情看著我。

「嗨，露緹。我剛開完軍事會議，我們的提議最終全部通過了，大概明天早上就能出發。」

「是喔。」

露緹點點頭，但看起來不太開心。

「怎麼啦？」

「沒事。」

「但我感覺妳心情不好耶？」

她本人應該是想保持面無表情，只不過嘴角有點僵。

我從小和露緹一起生活，所以能注意到這種細微的動作。

雖然周遭的人都覺得露緹沉默寡言又面無表情，但她內心情感其實很豐富。

「哥哥，你和莉特很要好吧？」

「嗯？這個嘛，該怎麼說好呢，應該是因為她這個人讓人放心不下吧。」

「是喔……」

露緹微微瞇起眼睛瞪著我。

「呃，抱歉啦。不過，外交關係是我、艾瑞斯，還有莉特在負責的，所以這也沒辦法啊。」

我接受過騎士教育，艾瑞斯則當過王國官員，所以這部分是我們的拿手領域。但艾瑞斯那傢伙儘管懂外交文書的寫法和相關禮節，卻沒什麼從事外交的天分。

大概是受到「賢者」衝動的影響，他沒辦法犧牲面子以換取實質利益，自恃聰明而瞧不起對方的壞習慣總是會跑出來。

不過，「武鬥家」達南就不用說了，「十字軍」蒂奧德萊也是典型的武人性格，露緹則因為不善言辭且在「勇者」領袖氣質的影響下，會讓對方感到畏縮。

我也是上前線的騎士，並沒有特別擅長交涉，但即使如此，我和艾瑞斯還是最合適的人選，以人類最強隊伍而言仍有稍嫌不足之處。

「可是艾瑞斯都在偷懶。」

「是啊。」

決定大致方針之後，艾瑞斯就不再來開會了。

雖然他負責和這個國家的貴族進行私下協調，但似乎每晚都會被邀去參加小型宴會，大概是去那裡接受大家奉承的吧，那傢伙就是喜歡那種東西。

「三個人晚上要開會，但艾瑞斯不在……所以就剩兩個人了。」

露緹繃著臉如此說道，然後輕輕捶了捶我的胸口。

「我想要你今天跟我在一起。」

「嗯，好好好，那就一起去為明天做準備吧。」

聽到我這麼說，勇者露緹像是終於滿意似的，以平靜的表情點點頭。

＊　＊　＊

按照計畫，我們先驅散襲擊村莊的魔王軍。

襲擊村莊的是由下級惡魔組成的步兵，他們沒怎麼抵抗就撤退了。

「吉迪恩！你終於來了！」

說完，長耳的高等妖精用力抱住了我。

「亞蘭朵菈菈也這麼有精神真是太好了，抱歉救援來遲了。」

「完全不要緊，魔王軍也不是真的打算攻下這個村子。剛才那麼說只是我太想見你而已啦！」

亞蘭朵菈菈那張凜然容貌泛起笑意，就這樣用雙手環住我的腰，在額頭幾乎要互觸的距離下如此說道。

高等妖精這支種族在關係變親近之前都會保持距離，可一旦親近起來就很喜歡這種肌膚相觸的肢體接觸。

身為人類的我，儘管知道這並不是出於戀愛情愫，但還是會感到很慌。像這樣讓親近的人類害羞起來，似乎會讓高等妖精覺得很有趣，更加激起親愛之情。

「吉迪恩，她是……」

看到甫一重逢就抱住我的高等妖精，莉特吃驚地問道。

「哦，她就是知道怎麼穿過幻惑森林的高等妖精亞蘭朵菈菈。」

她正是這次作戰計畫的另一個關鍵。

幻惑森林沿著洛嘉維亞國境生長，是這片土地的木妖精在前代魔王的時代用來作最後抵抗的地點，在重重魔法的施加下變成了逃不出去的祕境。

雖然不知道持續對抗前代魔王軍的木妖精們最後如何了，但唯一能夠確定的是，幻惑森林吞噬了無數的優秀冒險者。

「我的加護可以讓我和植物溝通，並借助它們的力量唷。」

亞蘭朵菈菈得意地對莉特說道。

她的加護是「木之歌者」，具備能和植物心靈相通的技能。

「施加在幻惑森林的魔法對於誕生在此處的存在是無效的，所以只要問問草木們就能知道正確的路唷。」

有亞蘭朵菈菈同行的話，就有辦法突破幻惑森林。魔王軍的包圍網在森林這一帶也比較薄弱，更別說森林的另一端根本沒有布下兵力。

突破幻惑森林的成員是露緹、我、莉特、亞蘭朵菈菈和艾瑞斯這五人。光是這個人數就有極大的勝算能夠突破。

我偶然環視周遭，發現艾瑞斯不在。找了一下後，便看到他似乎在鼓勵一個男人，那應該是傭兵隊的隊長。

以平時不怎麼在乎士兵的艾瑞斯而言，這真是難得一見的情景啊。

＊　＊　＊

「那麼，接下來就拜託了。」

艾瑞斯對頭上戴著鐵製水壺盔的男人如此說道。水壺盔這種頭盔的形狀很像寬帽檐的帽子。

「是，我們一定將居民平安送達，也請期待我們在防衛戰的表現！」

男人這麼說著，露出巴結的笑容向他點頭哈腰。

這個男人叫做狄爾，是受僱於洛嘉維亞貴族的一名傭兵，這次負責在艾瑞斯與貴族們之間協調聯繫，幫忙徵召傭兵。

也就是說，這支約五十人組成的傭兵隊是艾瑞斯召集起來的。雖然艾瑞斯這次負責出去搬救兵，但為了讓防衛戰也有他的功勞，才會安排這支部隊。

當然，隊伍的資金是用來討伐魔王的，不能用來博得個人名聲。然而，一邊拍艾瑞斯馬屁一邊提出這個主意的狄爾，在沒有向他收取任何費用的情況下幫忙召集了五十人以上的傭兵。

他們的表現會成為艾瑞斯的功勞，所以心情大好的艾瑞斯才會罕見地像這樣鼓勵他們，還幫忙施展一些簡單的輔助魔法。

「不過沒想到竟然要突破幻惑森林去求援，我真是佩服老大您的勇氣啊。」

「也多虧有你幫忙，我才能蒐集到幻惑森林的相關情報。跟你說個祕密，制定這個作戰計畫的人叫做吉迪恩，他就是喜歡在這種勝算很低的方法上賭一把，所以我才非得來這裡協助他不可。」

艾瑞斯從狄爾那裡打聽到的，是在貴族之間流傳、關於幻惑森林相當危險的傳聞。但是，貴族們並沒有實際去過幻惑森林，不知道這些傳聞有幾分可信度。

當然，狄爾根本不在乎這些，只要聽起來頗像那麼一回事就行了。

「這都是因為老大您信任我呀，像這樣的決斷力也很有賢者大人的風範呢。」

艾瑞斯愉悅地笑了。

由於狄爾低著頭，水壺盔的盔檐在他的臉上形成陰影，因此吉迪恩和莉特看不到他的臉。

如果看得到的話，他們或許就會發現這個在水壺盔下斜眼瞪著莉特的男人，就是當初被莉特趕出城鎮的「火術士」。

＊　＊　＊

「唉。」

莉特嘆了口氣。

在幻惑森林裡，連「精靈斥候」的加護能夠感應到的精靈聲音都接收不到，幻惑的詛咒導致精靈們陷入了錯亂。

也因為這樣，莉特不確定自己是不是在森林裡前進。方向感和時間感都消失了，只剩不安和焦躁感在折磨著她。

（再加上……）

莉特移動視線，看向邊走邊和吉迪恩親暱地聊天的美麗高等妖精。

他們兩人的互動讓她的內心難受了起來，覺得在洛嘉維亞和吉迪恩變親近而雀躍不已的自己像個傻瓜。

吉迪恩是勇者的夥伴，他是會對所有受苦的人們伸出援手的英雄。因此，他鼓勵心情低落的莉特，傾盡全力拯救洛嘉維亞也是理所當然的事情。

究竟是從何時開始，她不再敢直視吉迪恩的臉呢？只要一跟他說話，嘴角就會不自覺上揚，所以她總是用方巾遮著。而且這讓她覺得很難為情，便下意識地用尖銳的語氣說話。

昨天也是，她和吉迪恩從洛嘉維亞的事情聊到換作是他會如何治理洛嘉維亞公國的時候，一開始還聊得好好的，但她後來就忍不住大叫說：「我可不是想讓你留在洛嘉維亞喔！你最好別誤會啊！」

吉迪恩聞言錯愕地愣了愣，而她則說完就後悔了。她明明沒有那個意思，卻怎麼也無法好好說話。

她紅著臉撇過頭。

「…………」

然後就和冷冰冰地瞪過來的勇者露緹四目相交了。

於是，她逃也似的鑽進睡袋閉上眼睛。

隔天，當她打算向吉迪恩道歉之際，他不知為何用溫暖的眼神對她一笑，結果就不小心錯失了道歉的機會。

進入幻惑森林之後，她一直是這個狀態。相較於在一旁和吉迪恩開心聊天的亞蘭朵菈菈，以及雖然面無表情但每個動作都表現出對他的親愛之情的露緹，莉特總是在原地空轉。

「我到底在幹什麼啊？」

她陷入自我厭惡的情緒中，垂著頭走在隊伍的最後面。

據亞蘭朵菈菈所說，明天就能走出森林了。由於一直看著一成不變的景色，她不由得說出喪氣話，但吉迪恩也鼓勵了她。

（在那之後，我有向吉迪恩道過謝嗎？）

她愈來愈沮喪了。

「欸。」

「咦？啊，亞蘭朵菈菈。怎麼了？」

亞蘭朵菈菈不知何時來到莉特旁邊，像是要探頭看莉特的臉似的彎下身體。

「我問了白樺樹，它們說這前面有一條河。」

說完，亞蘭朵菈菈扯了扯莉特的衣服。

「衣服和身子都髒了，要不要趁休息的時候去洗個澡？」

「咦？洗澡？」

「會感覺十分爽快唷。高等妖精裡流傳一句諺語說：『保持清潔則身心富足，罪惡與髒汙同在。』」

莉特身為王族的公主，覺得自己已經算很愛乾淨的類型了，但亞蘭朵菈菈比她還要誇張。吉迪恩他們忙著準備紮營的時候，還要顧及到幻惑森林的植物心情而不能用火，所以相當辛苦，但亞蘭朵菈菈卻絲毫沒有愧疚感地用裝滿水桶的水來清潔身體。

莉特實在辦不到，只能在感到佩服的同時去幫忙吉迪恩他們做事，不過，講求清潔似乎是高等妖精的種族文化，他們的價值觀和人類還是有一點不同。

「可是……」

「我們接下來可是要去請求援軍耶，頂著這副儀容的話，原本能談成的協議也會談不成的。好啦，走吧。吉迪恩！我們要去洗個澡，先休息一下吧。」

「咦？我還沒說要去……」

不過，吉迪恩看向莉特她們之後——

「也對，差不多是休息的時候了。」

他點頭了。

「你又任由亞蘭朵菈菈耍性子了啊！」

艾瑞斯一臉不滿地說道，而吉迪恩則拍拍他的肩膀回道：

「有什麼關係？而且不是說好在幻惑森林裡要全權交給亞蘭朵菈菈帶路嗎？」

「吉迪恩！就是因為你老是這樣……」

莉特發現自己害吉迪恩遭到責罵了，於是忍不住要出聲，但亞蘭朵菈菈卻微微搖了搖頭。

「別擔心，這裡就交給吉迪恩，我們走吧。」

「但是……」

她看向吉迪恩，他則打了一個「不用擔心我，妳們儘管去吧」的手勢，還露出了苦笑，似乎是對於讓莉特擔心感到過意不去。

看到他的表情，莉特不知為何湧起想要緊緊抱住他的衝動，那是一種連她自己也不清楚的強烈欲求，她感到腦袋發暈。

要不是亞蘭朵菈菈拉著她的手，她可能真的已經衝過去抱住他了。

＊　＊　＊

在幻惑森林的深處也有水深只及腰的小河。

可能因為這裡是完全未經開發的森林，水質乾淨到清澈透亮，令人猶豫該不該把髒兮兮的身體泡進去。

但亞蘭朵菈菈毫不在意地讓一絲不掛的美麗身體躺在河水中，任水包覆住自己。

「莉特也下來嘛，冰冰涼涼的很舒服唷。」

「現在不是那種季節吧。」

現在是秋天。幻惑森林裡面暖得不可思議，莉特走了一天還出了汗，但氣溫依然不適合在河裡玩水。

莉特坐在河邊，把腳伸進水裡。

「好冰！」

她忍不住縮回腳。接著，她緩緩地把腳泡進去，讓自己慢慢適應水溫，直到冰涼的河水逐漸帶有舒適感。

最後她也脫掉衣服，泡進了河水裡。

「呼。」

好冰。在不能生火的幻惑森林裡，泡完之後該怎麼暖和身子才好？但比起這種冷靜的想法，莉特更想冷卻一下自己的腦袋。

「問妳喔，莉特。」

亞蘭朵菈菈看起來很舒服地游著泳。莉特迷迷糊糊地想著，高等妖精可能比人類更耐寒。

「妳喜歡吉迪恩吧？」

「咦？」

迷迷糊糊的大腦一瞬間清醒了起來。

「妳、妳突然亂說些什麼啦！」

「一看就知道了嘛。」

亞蘭朵菈菈哈哈大笑，莉特則紅著臉蹲進河水裡。

只見亞蘭朵菈菈游到她旁邊。

「妳是個很出色的人，吉迪恩也很喜歡妳唷。」

「……是嗎？」

「不過，妳一害羞就生氣的習慣還是改掉比較好呢。」

「唔……我就知道。」

莉特一臉難為情地說道。她在凶吉迪恩的時候多半是在害羞，這件事被看穿了。

「反正都是要掩飾害羞，妳乾脆用開玩笑的方式直接表達出自己的好意嘛。既然會害羞的話，那還不如一開始就先說出令人害羞的話語。」

「就算妳這麼說……我也沒辦法立刻做到啦。」

「是嗎？但如果妳能坦率地表達心意，我覺得吉迪恩一定會有所回應的。」

「那妳自己呢？看妳和吉迪恩感情那麼好……妳也一樣嗎？」

「我嗎？沒有喔。」

「真的？」

亞蘭朵菈菈笑了。然而，莉特總覺得她的笑容帶著一絲落寞。

「高等妖精的壽命稍微比人類長一點，所以我是不會將人類當作戀人來喜歡的，過去已經學到教訓了。現在王都的大樹就像我的戀人一樣吧，畢竟我可是木之歌者呢。」

「…………」

「別看我這樣，我算是一個老婆婆了唷。高等妖精的外表幾乎不會有變化，所以看不出來吧？」

「唔……嗯。」

「因此，吉迪恩對我來說是摯友也是戰友，或者說他是我最信任的人類吧，這和愛情不一樣。」

說完，亞蘭朵菈菈緊緊抱住莉特，她的溫暖體溫傳到了莉特身上。

雖說同為女性，但畢竟光裸著身子，讓擁有人類價值觀的莉特感到很羞恥，不過聽到亞蘭朵菈菈認真的聲音後，那種感覺便蕩然無存了。

「我希望吉迪恩能幸福。從過去至今，他一直在為夥伴承受所有的辛勞，而今後想必也是如此。但是，我希望他能多為自己而活。像是和心愛的人過著幸福快樂的生活等等，我希望他能去享受更多這種理所當然的幸福。」

「亞蘭朵菈菈……」

「我無法代為承擔他的辛勞。大家或許不知道，吉迪恩的能力超越了加護和技能，所以我沒辦法代替他。」

「嗯，我知道。要是沒有吉迪恩的鼓勵，我現在大概也不會在這裡吧。因為有吉迪恩在，我才會產生再次應戰的念頭。」

莉特理解了亞蘭朵菈菈對吉迪恩的感情，那種感情她自己也有。

而那個，就是親愛之情。類似對重要的摯友或兄弟姊妹所懷抱的感情，敬愛著對方，只求對方能幸福。

「吉迪恩很強。但是，他不是無敵的。講話太過分會讓他受傷，悲傷的時候也會流淚。大家都理所當然地依賴著吉迪恩，但我覺得不能再這樣下去了。」

莉特無言以對。從她的角度來看，吉迪恩是比「勇者」露緹更完美的人。儘管她聽得懂亞蘭朵菈菈說的話，但並沒有發自內心地理解。

（但是，我想理解。）

莉特以往所看到的只有吉迪恩強大的一面。他是在她傷心難過時必定會現身幫助的勇者(Hero)。

然而，事實並非如此。吉迪恩跟她一樣是人類，縱使身懷的加護不同，他們都同樣是會受傷的人類。

亞蘭朵菈菈看到莉特的表情後，微微一笑。

「我覺得妳應該會和吉迪恩很合得來的。不是一直依賴吉迪恩，而是能夠和他互相扶持走下去的那種關係。」

「我嗎……？可是，我一直都是單方面地受到他幫助耶。」

「這也沒關係。畢竟，妳是真的很喜歡他。」

「……嗯，我喜歡他。真的好喜歡。」

「所以不要緊的。若是妳的話，一定會成為吉迪恩痛苦時的依靠。」

亞蘭朵菈菈似乎很有把握。莉特沒想到她是這樣看待自己的，感到吃驚之餘，還有點害羞。

不過，這位如此為吉迪恩著想的高等妖精，在莉特眼中遠比之前親切了許多。

* * *

不管走到哪裡，莉特眼前的幻惑森林景色看起來都差不多。走再久都沒有前進的感覺，每天都飽受這種焦躁感所苦。

但是這些都結束了，他們一行人終於突破傳說中走進去就再也出不來的幻惑森林。

在這前方本應是「希望」，也就是以大型義賣會聞名的桑蘭公國的大地。

但那個希望，卻被一片黑壓壓蠕動著的獸人踩碎了。

「怎麼會……」

莉特跌坐在地上，茫然地說道。

現在隊伍正躲在樹木背後察看外頭的情況。

騎著馬的獸人輕騎兵大隊分散在距離森林稍遠的官道上，身上都穿著用鉚釘強化過的皮甲。

他們會輪流策馬巡邏，似乎不想放過任何一個從森林裡出來的人。

這次作戰計畫的前提是，魔王軍也認為幻惑森林不可能被突破。

因此，吉迪恩和莉特將曉得計畫全貌的人數壓在最低限度，只告訴貴族們要憑藉勇者、賢者、引導者，以及英雄莉特這四人的能力，在不被敵軍察覺到的情況下進行突破而已。

吉迪恩也沒有調查過幻惑森林的事情，因為他甚至不願意被人發現他在調查。他相信說過「我可以穿過幻惑森林」的亞蘭朵菈菈，完全沒有去找其他能夠佐證這句話真偽的證據。

他雖然把這件事告訴露緹和艾瑞斯等人……但對賢者艾瑞斯而言，要在完全陌生的地方相信完全陌生的夥伴所說的話而賭上性命，這樣的事情他實在無法接受。

於是，艾瑞斯把情報洩漏給了傭兵火術士狄爾。

在莉特絕望、艾瑞斯語塞的時候，吉迪恩只冷靜地接受了事實。縱使他的內心已經狂亂到想要大吼大叫，但這麼做也無濟於事。他知道該如何壓抑住這種情緒。

而且在來到這裡的路上，聽完艾瑞斯滔滔不絕地講述關於幻惑森林的事情之後，他也不是完全沒料到會有這種事態發生。也許正因為已經有心理準備，他才能和在旁邊面不改色地觀察魔王軍布陣的勇者露緹一樣冷靜。

「哥哥，怎麼辦？」

露緹問道。她的聲音既沒有膽怯也沒有混亂，因為對勇者來說，絕望就是用來打破的，而不是屈服。

在感到妹妹的聲音十分可靠的同時，他凝神觀察獸人輕騎兵的軍隊。

「那個地方比較薄弱一點，要突破的話就選那邊吧。」

「嗯，我也這麼覺得。但是，照這態勢很困難。」

如果露緹等人是百人部隊的話，絕對有辦法突破。獸人輕騎兵雖然是魔王軍的主戰力，但並未經過勤訓精練，只要主動進攻就能輕易地擊退他們，這是眾所皆知的事實。他們最有力的武器是活用機動性的側面攻擊以及大範圍地掠奪。

話雖如此，由於他們會馬上逃走，無法盡數殲滅，然後又會出現在其他地方重複掠奪的行為，因此很難纏。阿瓦隆大陸各國身經百戰的騎士們雖然不曾在戰役中輸給他們，但穿著厚重鎧甲的騎士是追不上輕騎兵的，只能驅散他們。

但這次只要突破就行了，遠比殲滅他們輕鬆許多。

（不過，我們只有五個人。）

才五個人。眼前分散開來的輕騎兵大概有兩千人。

即便突破了，機動性高的輕騎兵也會接二連三地繞進來。

他們五人必須打倒數百對手才行，而且還是在奔跑的狀態下。

在場的五人都是一對一絕對不會輸的強者，就算一挑十也不成問題。五人聯手的話，應該足以應付一百人，但也就僅此為止。

（實在太多了。）

這群英雄也許有朝一日能達到一騎當千的境界，但現在他們還沒強大到能以五人勝過千人規模的敵軍。

「好，那就說說我的想法吧。」

吉迪恩下定決心開口道。

「我來引開敵人，露緹和莉特就趁亂突破重圍。」

聽到這句話，原本垂著頭的莉特帶著一臉快哭的表情，抬首凝望吉迪恩。

＊　＊　＊

莉特從桑蘭公國借來走龍奔馳在路上，臉上全無以往好勝的表情。

或許該稱為不幸中的萬幸，因為魔王軍在幻惑森林的出口散開布陣，桑蘭公國便提高警戒，在國境配置了軍隊。

突破敵陣的露緹、莉特和艾瑞斯三人與桑蘭公國軍會合後，當場向身為指揮官的布雷茲王子請求援軍，並與桑蘭的走龍騎士們一同越過了洛嘉維亞的國境。

人龍皆身披鎧甲重裝的走龍騎士共五百騎，後方還跟著約兩千名步兵。

但是，從吉迪恩和亞蘭朵菈菈負責當誘餌之後，已經過了將近一小時。若等步兵跟上來就太遲了。

「拜託了，至高神戴密斯大人，希望的守護者拉拉愛爾大人，求求祢們保佑吉迪恩。殉教的守護者維克堤大人，請不要把吉迪恩帶走。」

莉特一邊祈禱，一邊騎著走龍狂奔。

眼下洛嘉維亞有救了。她應該對這個結果感到欣喜才對。

然而，她在這當下卻忘記了洛嘉維亞的事情，只一心祈求著吉迪恩的平安。

＊　＊　＊

舉槍突擊的五百騎走龍騎士，讓獸人們一瞬間畏懼地騷動起來。

不過，在看到領頭的露緹和莉特後，他們便開始大笑。

「看！逃走的勇者帶著戰功回來囉！」

這些獸人們對於剛才將勇者一行人逼到絕境感到很自豪。

他們的確砍倒了好幾個擋路的獸人，突破了包圍。

但當時，勇者等人拚命閃躲著無數從馬上揮下來的騎兵刀。儘管只受到輕傷，但刀刃劃開他們的皮膚，染上了鮮血。

「人數上是我們有利！照老樣子把他們圍起來幹掉！」

活用機動性的側面攻擊是輕騎兵的固定路數。即便是走龍騎士，面對四倍人數的對手也必須反覆進行襲擾戰術。但就機動性而言，一身輕裝的輕騎兵更占優勢，應該可以在遠處的步兵趕來前收拾掉他們，領著戰功回去。

莉特也清楚這一點。她因為太擔心吉迪恩而全速趕了過來，但看到在塵土之中微微發光的騎兵刀後，她便感覺到恐懼湧上心頭。

「莉特。」

「幹、幹麼啦！我又沒在怕！」

叫她的是騎在旁邊的露緹。

她面無表情，只是靜靜地注視著莉特。

「要散開了。」

「咦？」

露緹舉起左手。那是散開的信號。指揮騎士們的指揮官立即做出反應，吹響喇叭。

下一瞬間，獸人那邊射來無數箭矢。

「放心，獸人輕騎兵的弓是牽制用的，全都是盲射。只要沒有集中在一起就不構成威脅。」

露緹和莉特舉劍斬落飛來的箭矢。可以聽到後方傳來箭矢被鎧甲彈開的聲音，雖然夾雜著一些叫聲，但幸虧剛才散開了，騎士們沒什麼折損。

「但這麼一來的話！」

因為散開的緣故，導致突擊的衝擊力遭到削弱。騎兵的突擊是採密集陣形，針對敵陣的一個點進行貫穿最有效果，散開突擊會讓威力驟減。

應該要抱著多少會有損傷的覺悟，維持密集的陣形進行突擊才對吧？莉特腦中浮現了這種想法。

然而露緹仍冷著一張臉，只見她舉起降魔聖劍後，踢一下走龍的側腹提高速度。

「妳！等一下！妳打算一個人衝進去嗎？」

露緹不斷加速，她應該有「騎乘」的相關技能。縱使莉特想要追過去，但在那樣的加速下，她根本追不上。

勇者以一人之姿對上兩千名輕騎兵。即便擁有英雄級的加護等級，但光是保護自己必定就要用盡全力。

如同剛才突破獸人們的包圍網時險些喪命一樣，露緹被大量獸人包圍的情景出現在莉特腦中。

就在此時，獸人和他們騎的馬飛了出去。

「嗄？」

露緹一揮，靠近她的五騎獸人輕騎兵便被砍飛出去，連同鎧甲一起斷成兩半。

重重地落在地上的「曾是獸人的東西」，把一些在後方的獸人壓在下面，有的則在看到眼前那物時便落馬。露緹再揮出一擊，接著又一擊。每當露緹揮劍，獸人們就會一齊飛出去。

「什、什、妳、妳這傢伙！剛才明明沒這麼厲害吧？」

一名獸人叫道，那張猙獰的臉因為恐懼而扭曲起來。

「剛才不能太顯眼。這次是認真的。」

基於吉迪恩他們當誘餌來引開敵人的作戰計畫，露緹當下不能認真戰鬥。要是太顯眼的話，吉迪恩他們賭上性命引開的獸人也會被叫過去，如此可能會造成突破失敗。

三騎獸人展開襲擊，其中的隊長級騎兵儘管害怕卻還是吼叫著猛衝上來，露緹則從正面揮下了劍。

在阿瓦隆大陸四處破壞而惡名昭彰的騎兵刀輕易地碎裂，獸人就這樣握著斷掉的刀，旋轉著身體掉到地上。

一人又一人，獸人的動作逐漸停下。即使走龍騎士直逼而來，他們也無法將目光從揮劍甩血的露緹身上移開。

因為太嚇人了。如果食人龍就近在身邊，又如何能將視線從龍身上移開？就算身體馬上就要被長槍貫穿，但比起從那個可怕的勇者身上移開視線……

後來才趕到的莉特和桑蘭騎士向動作變遲鈍的獸人們發動了突擊。

獸人們無從使出全力抵抗，一個一個遭到莉特的劍和騎士們的長槍擊潰。

莉特迅速劈開衝向自己的兩騎獸人，輕而易舉地把他們打下馬。

之前且戰且逃時，總感覺獸人的騎兵刀揮來的一擊是那麼沉重，如今卻輕得一點威脅都沒有。

「這就是『勇者』……」

當騎士們察覺到時，周圍已經響起了勝利的歡呼聲，明明不過是壓制住最初交鋒的敵人而已。不過，獸人們也倉皇失措，有的甚至逃跑了，全軍潰散只是時間的問題。

帶頭衝入敵陣，以高強的武力與領袖氣質讓敵軍膽怯，友軍則忘卻恐懼。兩千人對上五百人的戰役，勝負僅僅取決於「勇者」一人。

這是勇者露緹的戰爭。

然而，即使是友軍的歡呼聲都沒能讓勇者露緹的情緒激昂起來，她逕自淡然地繼續戰鬥。

＊　＊　＊

「嗨。」

儘管遍體鱗傷，吉迪恩和亞蘭朵菈菈依然在戰場上存活了下來。拜疲勞完全抗性所賜，吉迪恩還是很有精神，但亞蘭朵菈菈終究還是耗盡氣力的樣子，那張精緻的高等妖精容貌上流露出疲憊的神色，整個人癱坐在地上。

他們兩人在佯攻作戰成功後，似乎就死命地到處竄逃，途中還搶了獸人的馬，那匹看起來很不開心的馬正在兩人旁邊哼哼叫。

「還好亞蘭朵菈菈有一起來，我才撿回了一條命。」

「我才是呢，要不是有吉迪恩在，我早就一命嗚呼了。」

兩人這麼說著，對著彼此笑了起來。雖然傷口已經被治癒魔法治好了，但吉迪恩和亞蘭朵菈菈的鎧甲傷痕累累，證明他們兩人是負傷奮戰到最後一刻的。吉迪恩的愛劍喚雷劍的劍身還沾滿了黏稠的獸人血。

「笨、笨蛋……」

莉特欣喜地準備衝過去……但一名嬌小的少女搶先從旁邊撲了上去。

「哥哥。」

勇者露緹輕輕地用雙手觸摸吉迪恩的臉龐。

「對不起，沒有其他辦法。不會有下次了。」

「沒事，妳看我和亞蘭朵菈菈不都好好的。」

「再也不會有下次了。」

露緹說道，語氣平靜但蘊含著決心。

她總是很冷靜，殺獸人時並未表現出任何情緒，哪怕是激昂、憐憫甚或厭惡都沒有，而現在即使依然面無表情，她卻是在向吉迪恩展現強烈的親愛之情。

莉特和亞蘭朵菈菈都沒辦法在他們兩人之間插話。

當吉迪恩說要獨自引開敵人的時候，莉特當然是反對的。艾瑞斯也批評他魯莽，但制止莉特的正是露緹。

「要相信哥哥。」

「可、可是……」

「亞蘭朵菈菈，請妳和哥哥一起去。」

「了解，交給我吧。」

「等一下，露緹！我不能接受……」

「我向夥伴下達指示不需要經過妳的同意。」

露緹直勾勾地看著莉特的眼睛。她並沒有在瞪莉特，臉上的表情很平靜。

「啊，唔……」

然而，在那樣的威迫感面前，莉特什麼話都說不出來。

她感到畏懼，而吉迪恩則拍了拍她的肩膀。

「放心吧，做不到的事情我是不會去做的。」

儘管自己要做的是最危險的工作，吉迪恩卻說出這番話來安撫莉特。

莉特當時很憤慨，以為勇者為了正義連兄長都能犧牲，但她發現是自己誤會了。

看著在眼前互相依偎的兄妹，莉特掩飾不住驚訝。

（原來露緹還會露出這樣的表情啊。）

露緹其實應該比誰都還要擔心哥哥，但也別無他法。而吉迪恩正是清楚這一點，才會主動說要負責佯攻。

他是為了不讓露緹自己提出將兄長逼入死地的提案。

「真好啊。」

在距離兩人稍遠的地方，莉特仰望著天空喃喃說道。

最後，莉特並沒有加入勇者的隊伍。吉迪恩覺得很遺憾，但在莉特看來，露緹倒像是鬆了一口氣。

雖然一方面是要復興洛嘉維亞，但最重要的是，她覺得自己現在不該介入露緹和吉迪恩之間。對露緹來說，現在的吉迪恩一定是不可或缺的存在。

在吉迪恩離開之後，剩下一人的莉特還哭了一會兒。

＊　＊　＊

「呿！」

粗魯地把行李塞好後，火術士狄爾帶著憤恨的表情逃出了洛嘉維亞。

為了錢財而背叛人類投靠魔王軍的他，一得知形勢不利便立即採取了行動。他是透過化身近衛兵長蓋烏斯的錫桑丹混進城堡的，等戰爭結束後，他的身分大概也很快就會曝光。

此時不退，更待何時？

「給我記住啊，莉特。我可是個執念很深的人。有朝一日，我會在妳幸福的時候出現，把妳擁有的一切都破壞殆盡。」

狄爾陰險的眼神中寄宿著醜陋的憎恨，他朝路面吐了口唾液之後，一邊依依不捨地不斷回頭看洛嘉維亞，一邊逃了出去。

＊　＊　＊

現在。佐爾丹的貧民窟南沼區。

在與此地格格不入的宅邸中，住著盜賊公會排名第二的高手畢格霍克。這個從外地搬到佐爾丹的壯碩半獸人以凶殘的手法為人所懼怕。

然而站在他面前的流氓火術士狄爾，那兩頰削瘦的臉上正掛著卑微討好的笑容，用悠然自得的模樣對他點頭哈腰。儘管看起來是在諂媚強者，卻不見一絲畏懼的神色。

（比起跟魔王軍的阿修羅惡魔打交道，這根本算不了什麼。）

逃出洛嘉維亞後，他依然持續在各地當形同盜賊的傭兵，讓他的惡名更加遠播。此外，他偶爾還是會跟魔王軍勾結在一起。

搞到最後哪裡都容不下他，於是他才逃到位於邊境的佐爾丹。

「那麼，我找你不為別的，就是關於莉特的事。」

「哦？若是我做得到的，儘管說別客氣。」

「盜賊公會不希望莉特從冒險者的身分引退，你可知道原因？」

「呃，因為這樣就沒有人可以委託高難度的工作了？」

「不是。」

畢格霍克用如巨木般的腳「咚」地踢了下地板，天花板上的灰塵簌簌落到狄爾的頭髮上。

狄爾忍住想要拍掉灰塵的衝動。

「我們應付不來的案子可以交給亞爾貝的隊伍去做。問題在於，英雄莉特若是受僱於與盜賊公會敵對的對象會很麻煩。」

「哦……」

「英雄莉特是這個國家的王牌。只要她出面，不管哪個勢力都得付出龐大的損失。過去盜賊公會在英雄莉特出面時也都會乖乖撤退。」

「那英雄莉特引退豈不是天大的喜事嗎？」

「並不是。以往不想讓她跟我們作對時，我們都會透過其他委託讓她遠離佐爾丹。但是，她今後會一直待在城內。試想她一時興起而跑來作對的話，生意根本就做不下去。」

「原來如此！」

盜賊公會的幹部畢格霍克在怕的就是這件事。以往可以在某種程度上控制住的王牌，今後會完全脫離掌控。就算想使出盜賊公會拿手的暗殺，但對方可是有辦法與整個佐爾丹的盜賊公會周旋還占上風的英雄。

對那位英雄出手就是在自尋死路，這是盜賊公會的會長和幹部們的一致意見。

「所以狄爾啊，聽說你知道英雄莉特的弱點。」

「算是吧。雖然可能沒辦法讓她言聽計從，但應該能讓她撤回辭去冒險者的決定，搞不好還能把她從佐爾丹趕出去喔。」

狄爾露出賊笑。他被叫來這裡並非出於偶然。

雖然他剛才一直裝作不知情，但他早就知道盜賊公會對於英雄莉特引退一事感到很頭痛，所以不著痕跡地向盜賊公會的成員暗示自己知道英雄莉特的過去。

「哦？這可真有意思。雖然想聽聽看……但你沒打算要說出來吧？以盜賊公會的立場而言，我們也不想和英雄莉特發生爭端。」

「咦、咦咦？」

發現苗頭不對，狄爾慌張地看著畢格霍克。畢格霍克移開視線，朝放在旁邊的盤子上抓起核桃，用粗厚的手指用力捏碎後，把果仁扔進嘴裡。

耳邊傳來喀碰喀碰的咀嚼聲。狄爾就這樣茫然地等待畢格霍克的下文。

「也就是說，如果英雄莉特的問題能自己解決的話，那我當然是很樂見的。」

「！」

狄爾心領神會地點了點頭。

「如果英雄莉特的問題解決了，我能得到什麼好處嗎？」

「這和盜賊公會無關，所以什麼都沒有喔。不過，可能會委託你做一些簡單的運貨工作吧，裡面裝的是錢就是了。」

意思是，可以私吞那些錢當作報酬嗎？

狄爾聽出畢格霍克的弦外之音後，「嘻嘻！」地笑出聲。

「我明白了，那今天我就先回去了。」

「嗯，抱歉讓你跑一趟。來人，送客。」

狄爾在一群相貌凶惡的盜賊公會男性成員慎重地接待下，離開了畢格霍克的宅邸。他的懷裡還揣著對方當作伴手禮送給他的銀幣袋。

「雖然流落到這種狗屎般的城市隱居，但這下真是時來運轉啊。」

我要毀掉英雄莉特的幸福。

一想到這裡，狄爾就難以抑制想要大笑出聲的衝動。

＊　＊　＊

雖然有點突然，但我——莉茲蕾特．渥夫．洛嘉維亞此刻正置身在至高無上的幸福之中。

沒想到竟然能與吉迪恩，不對，是與雷德一起生活。我在洛嘉維亞和他道別的時候，作夢都沒想到會有這一天。

「午餐做好囉！」

「來了～」

廚房傳來呼喚聲，我把休息中的牌子掛在店門上，然後走向客廳。

我的肚子已經準備好迎接雷德的美味料理了。

「今天吃焗烤培根通心粉，湯是海鮮湯，還有麵包。」

食材本身並不昂貴，而且都很常見。但是，雷德的料理看起來總是非常好吃。

今天也是，光看到烤得焦焦的、感覺很好吃的焗烤培根通心粉，我就被勾起了食慾，從海鮮湯飄出來的海洋鮮香也令人欲罷不能。

「我開動了！」

首先，喝一點杯子裡的水漱個口。

然後，用湯匙去挖焗烤培根通心粉……哇，白色的熱氣和誘人的香味……嗯，不過好像有點燙，還是先喝湯吧。把嘴巴燙傷可就嘗不到雷德特地做的好菜了。

湯裡飄著紅肉魚和二枚貝。蔬菜是包心菜以及……這個綠色的小東西是香草嗎？為琥珀色的湯點綴色彩真是太棒了。

我吹一吹，讓湯變涼再吃下去後，大海的味道就在嘴裡擴散開來，但一點腥味都沒有。聽說用酒燉煮就能去腥，可以隱隱嘗到一股味道，應該是備料用的葡萄酒吧。

焗烤培根又怎麼樣呢？

表面烤成小麥色，但內在一片純白，還冒著蒸蒸熱氣。有厚切培根、滿滿的通心粉以及洋蔥，很簡單的內容，但每種食材都經過仔細的處理和調味。

也就是說——

「太好吃了！」

我這麼一說，雷德便開心地笑了。

＊　＊　＊

早上都在調配藥的雷德，中午之後也和我一起坐在櫃檯了。

他說店裡沒有忙到需要兩個人看著，要我先去休息，但我可不想減少和雷德在一起的時光。

「嘿嘿嘿。」

糟糕，一看到雷德的側臉，嘴角不禁就上揚了。

雷德好像注意到我在看他，還稍微整理了一下衣服。他從脖子到胸口的位置都留有淺淺的傷疤。

他平時雖然沒放在心上，但似乎不太喜歡被我看到。但我不僅完全不在意，還覺得那種傷疤是雷德人生的證明而感到十分憐愛。

不過，我也不想被他看到自己的傷痕，所以他的心情我能理解。

「真是的，不要藏啦。」

但我就是要看。

「喂、喂。」

「有什麼關係嘛，又不會少塊肉。」

因為傷腦筋地紅著臉的雷德，和平時帥氣的樣子完全不同，實在太可愛了嘛。

*　*　*

今天輪到我去給傑夫的桑拿送香袋。

佐爾丹的夏天依舊熱得要命，照理說月曆上已經進入秋天。

我是在寒冷的洛嘉維亞長大的，所以選擇來佐爾丹有一部分原因是看上這裡的溫暖氣候，但沒想到竟然熱成這樣。

把香袋送到後，我閒晃著踏上歸途。

「明明已經避開中午了耶。」

太陽也下沉了不少，然而還是很熱。我只能用方巾擦擦脖子上的汗——

「真是熱死了~」

然後這麼抱怨。

「小姐。」

這時，有人叫住了我。

「誰啊？」

由於熱到心情煩躁，我就用有點不耐煩的語氣回應了對方。這也沒辦法，我本來就是經常溜出城堡的不良公主，雖然「知道」禮儀規矩，但並不「喜歡」。

看到我半垂著眼眸轉過頭來，對方似乎有點吃驚。

向我搭話的男人駝著背，臉頰削瘦，眼神凶惡，感覺很危險。我覺得自己好像在哪裡見過他，不過想不起來。

「你是誰？有什麼事？」

「啊，呃，我是C級冒險者狄爾，有點事情想跟妳說。」

「有事情？那就趕緊說吧。」

「這裡不太方便，要不要找個能慢慢談事情的地方邊喝啤酒邊聊？」

「不要，再見。」

雖然感覺在哪裡見過他，但既然會忘記就代表不重要吧。

我無視他，快步走了起來。

「喂、喂，等等啦！」

「有事情就快說啊。」

「沒關係嗎？我可是知道妳的老家喔。」

「我又沒打算要瞞著。」

「可不止這樣啊，我還知道妳的本名呢，莉茲蕾特。」

「……嗯？」

「呃，別露出那麼可怕的表情嘛。」

我很不高興，所以忍不住釋放出了殺氣。

狄爾有一瞬間露出膽怯的神色，然後似乎對自己的膽怯感到很不爽，故意用傲慢的動作往地上吐了口唾液。

他的行為讓我皺起眉頭。

「所以呢？有話快說。」

「我在這裡講出來也沒關係嗎？」

「我說過了，我又不打算瞞著。」

「哈哈，不愧是英雄莉特大人。公主殿下和我這種見不得光的傢伙就是不一樣，真是光明磊落啊。」

看到我把手伸向腰間曲劍的劍柄，狄爾又慌了起來。

「我、我是來提醒妳的。」

「提醒什麼？」

「別這麼凶嘛，對我難道不能像對雷德一樣溫……唔呃？」

我拔出曲劍，用劍柄朝狄爾的胸口猛撞一下，只見他臉色蒼白地蹲了下去。

周圍的三個路人好奇地看著我們這邊。

「我原本可是冒險者，人品沒有高尚到被人瞧不起還能笑著原諒對方，懂嗎？」

「唔、呃……妳、妳這傢伙……」

「所以你要提醒什麼？再不說我就走了。」

雖然想再多揍幾下，但畢竟我現在是藥店的店員，還是放他一馬好了。

「站、站住！」

「你這個人是怎樣啦，有話想說就趕快說啊，還在那邊裝模作樣。早點說也就不會吃苦頭了。」

「小心我把妳和雷德住在一起的事情傳到洛嘉維亞去啊！」

哦，原來如此，來這招啊。

見我默不作聲，狄爾不懷好意地笑著站起來。

「嘿嘿，公主殿下。跑到遙遠的外地大肆歡鬧是無妨，但還請妳稍微搞清楚自己的立場。」

「……………」

「也就是說，莉茲蕾特公主妳呢，別再和雷德談不正當的戀愛，繼續去當妳的冒險者，否則妳還是回洛嘉維亞比較好喔。洛嘉維亞的王位繼承權問題也差不多塵埃落定了吧？而且以妳的年紀而言，也該找個肥豬貴族結婚了，畢竟要顧及到雙方家族的繁榮，真是令人心疼呢。不過也沒辦法，這就是公主的職責嘛。不然的話，公主殿下的貞潔可能會被某個來歷不明的藥店老闆奪走呢。」

這個叫做狄爾的男人似乎也在提防周遭，他壓低聲音滔滔不絕地說道。我深深地嘆了口氣。

「哎喲，勸妳別想在這裡把我滅口喔。我已經安排好了，我死掉的話，就會有人把信送到洛嘉維亞那裡去。」

看來他把我的嘆氣誤解成殺意了。他得意洋洋地宣稱自己早就採取了必要措施。真是夠了……再怎樣誤會也該有個限度啊。

「隨你便。」

「啊？」

「你就去把一切都告訴父王吧。」

說完，我便轉身走了起來。

「喂、喂！我、我可不是在威脅妳啊！要是妳的事情傳到洛嘉維亞去，最壞的情況下妳會遭到王室除名耶！畢竟妳的立場本來就很微妙了啊！聲望比王子還要高的英雄公主，不知道有多少人一逮到機會就要除掉妳……」

這男人也太糾纏不休了。我決定晚一點再回去。

「你似乎有什麼誤會，所以我就直接告訴你吧。洛嘉維亞的王族身分我是一點也不稀罕。」

「什麼？」

「如果是為了和雷德的日常，我可以不當英雄，也願意放棄王族身分。只要我們可以單純地當藥店的莉特和雷德，我就不需要任何名譽和財寶。」

「少、少唬人了！妳的加護也不會希望妳過這種平凡的生活吧！」

「加護？嗯，是沒錯。但我希望啊。」

說完，我不再回頭，直接邁步離去。

狄爾一臉愕然，沒辦法再多說什麼。

＊　＊　＊

「火術士」的加護屬於四大術士之一。特徵在於以無法使用水魔法為代價，降低發動火魔法所需要的技能等級。因此可以提前使用火魔法的高攻擊力。

尤其是能引起爆炸的「火球術」，不需要中級魔法技能，只要用下級魔法技能就能使用，這是很大的差別。在四大術士之中，「火術士」的加護在D級隊伍之間很受歡迎，即使是1級也不會被拒絕，因為單純的火力會讓他們發揮出超越等級的表現。

（但也只有在等級低的時候就是了。）

火屬性以攻擊魔法居多，反過來說，這也代表只要有一種能量抗性的魔法，便足以應付幾乎所有火屬性的優勢。

「火術士」狄爾從事冒險者的工作到第五年就不再受到認可，也是在那一年被趕出最初的隊伍。但是，當時他已經明白了自身加護的特性。

他的加護在面對低一個級別的對手時，能發揮出超越等級的強度。

這個世界的居民，基本上都不喜歡跟比自己弱勢的對手戰鬥。即便是襲擊村莊的哥布林，他們也認為應該交給同級別的冒險者去處理。

加護會透過殺死同樣擁有加護的對手來成長，但如果對方的加護等級比自己低的話，效率會變得極差。

根據聖方教會的解釋，這是因為戴密斯神禁止壓榨弱者的行為。在不分善惡都能透過加護感受到戴密斯神的這個世界中，聖方教會如此闡釋的教義具有很強的影響力。

但比起那種教義，狄爾更相信自己的加護。

他的職業是掠奪弱者的盜賊傭兵。看到保衛村莊的低等級戰士在無計可施的情況下被燒成焦炭，他就感覺到自己的加護很滿足。

出於「火術士」的衝動，他很喜歡看到東西被火焰焚燒的模樣。遭到洗劫一空而起火燃燒的村子，以及茫然地佇立在原地的村民們，兩者都能引起狄爾的喜悅之情，證明自己的人生是正確的。

「嘻、嘻嘻，竟敢小瞧我。」

狄爾想像著即將發生的畫面，便無可抑制地抽搐著嘴角笑了起來。

他所在的地方，是「雷德&莉特藥草店」旁邊的暗處。

那裡放著油罐，以及經過乾燥處理的木柴。

這是要做什麼？不用說，當然是縱火。

「啊啊，馬上就能把那個神氣活現的女人的幸福與日常燒光光了，誰教她瞧不起我，嘻嘻！」

狄爾事先施展了隔絕氣息的魔法「暗影遁形」。

雖然縱火把人燒死也不會讓加護成長，但狄爾曾用這個方法殺死遠比自己還要強的騎士。當天在旅店住宿的四名客人也無端遭殃，但他覺得那只是無關緊要的小事。

然而，今天的對手可不是這種程度的魔法就能糊弄過去的。

＊　＊　＊

「喂。」

「噫噫？」

我出聲叫住了打算縱火燒店的男人。

竟然就這樣大剌剌地跑來縱火，未免也太沒常識了吧？因為莉特的事情，我還在想應該會有人來找麻煩，但沒想到竟然是用這種手段。

「不想受傷就給我老實點，而且縱火未遂的話，判罪也會判得輕一點。」

縱火是重罪，尤其在木屋居多的佐爾丹平民區更是嚴重。

即使未遂也會求處相當重的刑罰，但真的縱火可就是極刑了，兩相比較之下，前者絕對比較輕。

眼前的男人東張西望地觀察我的背後，發現我是一個人後，他露出了賊笑。

「我從艾瑞斯那裡聽說了，你沒什麼特別的技能，只因為是勇者的哥哥才讓你加入了勇者的隊伍。」

男人這麼說著，擺出架勢。

「想打架的話也就沒辦法了。老實說吧，我早就看你很不爽了。」

「嘻嘻，你還記得我啊？」

「你在洛嘉維亞幹了很多好事吧？」

我認識這個男人，而且他在我這裡欠下不少恩怨。

那時候，我和亞蘭朵菈菈之所以面臨九死一生的局面，我就猜到是從艾瑞斯身上套出情報的這傢伙害的。但還沒蒐集證據就讓他給逃了。

不過，現在比起那些……儘管是很久以前的事情了，但他在酒館搭訕莉特一事讓我非常不爽。這混蛋當時好像還把手搭在莉特肩膀上了吧？

我拔出銅劍，向前一步。狄爾的加護應該是「火術士」。魔法師系的加護不適合獨自應對近身戰，但狄爾的表情倒是充滿了自信。

我又邁出一步，狄爾便向後退去。月亮從他背後探出臉來。

「好久沒有在戰鬥中讓對手如此警戒了啊。」

在佐爾丹以D級冒險者的身分進行活動的我，感到非常懷念。還以為不會再有這種感覺了。

看到我在戰鬥中沉浸在奇怪的感慨裡，狄爾臉上浮現神經質的笑意。

我再往前一步，他的嘴角就不懷好意地扭曲了。

「就是現在！」

狄爾叫道，高高舉起左臂。在遠處能看到一座瞭望臺，那是最適合用弓或弩來進行狙擊的地方。

接著……什麼都沒發生。

「咦？喂，怎麼了？趕緊射啊！」

狄爾舉了好幾次手，但無人回應。

「這可是第二次了呢。」

我說完，狄爾便鐵青著一張臉。

「難、難道又！」

「但這次立場相反就是了。」

莉特之所以沒在這裡，是因為她察覺到有人想要除掉我們之後便去蒐集情報，結果打聽到有個流氓冒險者正在尋找擁有「狙擊手」加護的人，於是就像上次我做的那樣，這次輪到莉特去解決那個「狙擊手」了。

「什……你、你這混帳！」

狄爾想要發動火球術，但在那之前，我的劍就貫穿了他的肩膀。

「啊？」

雖然避開了要害，但傷及骨頭所導致的疼痛，讓狄爾的魔法發動失敗了。

發動魔法需要集中精神，在這種一對一交戰的情況下很不利。必須要有人保護，才能發揮出魔法師的真正價值。

「嗚、呃！」

看著狄爾因疼痛而畏縮起來，我用劍直指他的眉間。

他害怕地跌坐在地上，我則同時將劍鋒往下移動。只要他稍微動一下，劍就會貫穿他的眉間。勝利的是我，他已經束手無策了。

就在我的右手打算用力之際──

「慢、慢著！」

狄爾連忙喊道。

然而從他嘴裡迸出來的，並不是投降的宣言。

「要、要是敢對我出手，盜賊公會可不會默不作聲啊！」

「什麼？」

「畢格霍克覺得你很礙眼啊！要是殺了我，你們也別想在這城市待下去！」

「…………」

我緩緩撤下了劍。

「是嗎。」

我低聲說道。狄爾犯下了滔天大錯。

但他看到我的反應，卻像是贏了似的露出得意的笑容。

「嘿、嘿嘿，橫豎你們都待不了這裡了，和盜賊公會作對不可能會沒事。」

狄爾按著傷口，慢慢向後退。

然後，他就這樣帶著驕傲自滿的表情從我面前逃走了。

「是啊，和盜賊公會作對並不好啊。」

我的這句話，應該沒有傳到試圖溜到遠方的狄爾耳中吧。

＊　＊　＊

我收拾了一下狄爾留下來的油和木柴。

到底是「火術士」準備的，品質都很好。

「我就不客氣地當作燃料使用了。」

佐爾丹的周圍都是溼地，因此木柴有點貴。這是久違的戰利品。

我回到家中，立刻用得到的木柴生火燒熱水。

不久後，莉特也回來了。

「我回來了～！」

「歡迎回來。」

我走到玄關迎接回家的莉特。

她不知為何一瞬間僵住，整張臉紅了起來。

「怎麼了？」

「沒什麼，就是直到現在我才發現，聽到雷德說歡迎回來很令人開心。」

她這樣說，豈不是害我也跟著害羞起來了嗎？

「好、好了，長袍我幫妳拿著，快去換家居服吧。」

「嗯、嗯……」

我們互相露出害羞的笑容，而莉特就去寢室換衣服了。

＊　＊　＊

「來。」

我把熱牛奶遞給回來的莉特。

「謝謝你……啊，這個好好喝，你加了蜂蜜呀。」

「這是我小時候常做的拿手飲料。」

「咖啡雖然也不錯，但甜甜的飲料也很棒呢。」

莉特帶著享用美食時會露出的滿足表情笑了。

看到她的笑容，我也獲得了滿足感。現在我下廚的時候，已經無時無刻不在想像她的表情，一邊做著料理。

「這麼好喝的東西，我明天也想喝耶。」

「好，明天我也會做的。妳想喝的時候隨時可以跟我說。」

「太好了。」

莉特開心地說道。

我也很開心。為莉特下廚，比為自己做的時候更令我快樂。

大概是因為，這就是我心目中的幸福慢生活吧。

尾聲　無盡長夜

「今早，我們接到英雄莉特的警告，說是被盜賊公會的相關人員盯上了。公會長這幾天應該就會召集我們這些幹部聽取事情經過。當然這和我沒關係，但為了解除懷疑，想必得欠下一屁股人情債，這下可損失慘重了呢。」

畢格霍克用粗壯的手指把手臂抓得唰唰作響。

跪在他眼前的狄爾一語不發。

這是理所當然的，因為他的嘴被堵住了。他不止被綁了起來，還為了不讓他用魔法而殘忍地掰斷所有的手指。

恐懼和痛楚折騰得他流下淚水。但是，沒有一個人會在意他。

「你應該以為只要自己身上還藏著莉特的祕密，我就不會殺你吧？但你錯了，大錯特錯。」

狄爾顫抖了起來。但畢格霍克的眼神非常冷酷無情。

「這就表示你瞧不起我。你知道的祕密再有價值，我都不會放過瞧不起我的人。」

畢格霍克在佐爾丹是最為人懼怕的男人。以為他不過是個鄉下地痞流氓頭頭的狄爾，如今明白是自己的認知太天真了。

但為時已晚。

「喂，把他帶下去。」

「是。」

一個男人扛起了被綁住的狄爾。

「嗯嗯！」

狄爾拚命掙扎，向畢格霍克投以求饒的眼神。

「不過誰都會失敗嘛，我也不會一直耿耿於懷。」

畢格霍克勾唇笑了。狄爾雙眼一瞬間亮了起來。

「因為已經不會再見到你了啊。」

說完，畢格霍克便起身，回到裡面的房間。

「嗯嗯嗯！」

狄爾用含糊不清的聲音叫著，但畢格霍克並沒有回頭。

「真遺憾啊。」

扛著狄爾的男人一臉同情地小聲對狄爾說道……但他還是毫不留情地把狄爾扛到遍

布血汙的地下室。

從此以後，再也沒人在佐爾丹見過狄爾了。

＊　＊　＊

深夜。勇者露緹獨自坐在帳篷裡，閉著眼睛不斷思考。

勇者的加護賦予她所有抗性，其中也包含對睡眠的完全抗性。

她已經不需要睡眠了，完全感受不到一絲倦意。

二十四小時不闔眼也能保持在萬全的狀態。

但是她的夥伴並非如此。她心裡也很清楚野營是不可或缺的。

（話雖如此，這段時間還是很無聊呢。）

什麼都不做，只是乾坐著的時間。

根據她暗自抱持的主張，一般抗性和完全抗性是兩種截然不同的概念。

一般抗性是對某種事物「忍受力較強」，而完全抗性則是「失去」某種事物。

目前人在這裡過夜的她，失去了睡眠。

（哥哥在的時候好多了。）

光是凝視哥哥睡在一旁的臉龐，她就不會感到無聊。

光是把手放在他的胸口，光是感受他的心跳……縱然是永恆的時間，我也有辦法撐過去。她發自內心如此認為。

不過，有時候會稍微抱一下……或偶爾咬咬他的手指、耳朵和肚子就是了。不過是小小的惡作劇罷了……這也是她發自內心的想法。

（艾瑞斯……）

本來的話，就算把他大卸八塊也不夠她洩憤。但是，只要不對她抱有惡意，她是無法對夥伴出手的。

原因在於她是「勇者」。出於個人恩怨而傷害夥伴並不是「勇者」的行為。而且就算她想生氣，也會因為狂暴狀態完全抗性，導致自己頂多只有一點點的情緒起伏。在「勇者」加護的影響下，勇者露緹失去了大半人類的情感以及嗜好。

然而，那時候……

＊　＊　＊

「露緹，妳冷靜點聽我說。妳的哥哥離隊了。」

那天，賢者艾瑞斯一大早來到露緹的房間這麼說道。

由於混亂完全抗性，露緹冷靜地理解了這句話。

由於絕望完全抗性，露緹也不會因這句話而有所動搖。

因此，她只說了一句話。

「為什麼？」

就這麼一句而已。

「吉迪恩很在意自己能力不足的事，他說比起和我們一起行動，還是去偵查魔王軍的動向或打游擊戰更能派上用場。我一開始也阻止過他，但他去意堅定，而且他的話也有道理，所以最後我也決定欣然送他離開。他把裝備全留下了，說是要給我們用，真是個值得欽佩的男人。」

「為什麼他是告訴你？為什麼他不跟我說？」

「我在想，可能是不想讓妳看到自己的醜態吧。就算他比妳弱得多，但還是一直在妳面前扮演著兄長。這樣的自尊真是令人會心一笑啊，我也能夠理解。」

（原來如此，是這傢伙把哥哥趕出去的啊？）

衝破了各式各樣的完全抗性，露緹的情感出現些微動搖。

「噫……？」

光是如此就讓艾瑞斯發出了驚叫。露緹身上釋放的威懾力，劇烈地刺激著他的生存本能。

不過，艾瑞斯擁有的是保證自己比任何人都還要優秀的加護，在自身加護的推波助瀾下，他做出了專為這個時刻而準備的行動。

艾瑞斯咬緊牙關，摟住了露緹的肩膀。他的心臟因為恐懼而縮成一團，背上的汗宛如結凍一般冰冷。

他唸出練習過無數次的臺詞。

賢者很優秀，不管什麼目標都能達成，因為是賢明之人。這就是艾瑞斯的職責。

「我明白哥哥不在會讓妳感到不安，因為妳不僅是勇者，更是一個女孩子。雖然和吉迪恩相比的話，我們一起度過的時間很短，但我永遠都與妳同在。」

即使艾瑞斯對她做這種事，她也不能把他打飛，只能抬頭用冰冷的視線瞪著他，指責他的不是。

這時，她感受到一股氣息。

（哥哥？）

被看到了！被看到了！！被看到了！！！

加護的衝動會寄宿在思緒中。

但她當時「身為人的衝動」比思緒還要快。在情報到達腦袋之前，她全身細胞就發出絕望的悲鳴而做出了行動。

「唔噗？？？」

艾瑞斯的身體扭曲了。

他發出了與其說是人聲，不如說是氣球漏氣的聲音。

世界最強的拳頭深埋進艾瑞斯的腹部，擊碎了骨頭，打破了內臟，撕裂了血管。

艾瑞斯被打到牆上，又有幾處肉、骨頭還有內臟失去了形狀。如果不是用魔法強化過的要員專用房間的牆壁，縱然是柔軟的血肉也會把牆壁撞碎吧。

賢者艾瑞斯癱軟地掉到地上，簡直像是被巨龍踩爛一樣。

「哥哥……！」

好想追上去。好想立刻解開誤會。

但是，她的視線卻停留在瀕死的艾瑞斯身上。

「勇者」無法對夥伴見死不救。除非見死不救就能拯救世界，否則即便是憎恨的對象，她也無法見死不救。

她發出咬緊牙關的聲音。逐漸遠去的氣息在灼燒著她的神經。

但就算如此，她還是踉踉蹌蹌地走近艾瑞斯。

艾瑞斯僅存的意識伴隨著恐懼看向眼前的露緹。

露緹對他伸出了手。

在「治癒之手」的效果下，瀕死的艾瑞斯轉眼間便痊癒，碎裂的身體也被修復。

已經感受不到心愛的哥哥的氣息。他遠走高飛了。

然而，她也只能說出這句話。

「對不起。」

勇者露緹用不帶感情的嗓音，向賢者艾瑞斯道歉。

艾瑞斯的牙齒不斷打顫著。

＊　＊　＊

想起當時的事情，露緹享受著內心些微的動搖。

這是她少數成功反抗「勇者」加護的記憶。

從一切抗性的間隙中鑽出去，心中泛起些微苦澀情感的漣漪，讓現在閒著沒事做的她感到很舒服。

在那之後，她想要立即去追哥哥。

但「勇者」的職責是拯救受苦的人，而打倒讓整個大陸人民受苦的魔王泰拉克遜，是超越諸般理由的最優先事項。

「勇者」必須持續旅行，因為是「勇者」。

「但是我現在想要哥哥。」

露緹小聲嘀咕著。

漫漫黑夜的盡頭還很遠。

後記

購買本書的各位讀者，初次見面，我是新人作家ざっぽん。

大概在這本書發售的一個月前，我已經在其他文庫出道了，所以本作是第二部作品，但我寫這篇後記的時候，出道作還沒有發售。因此，我會抱著「在Sneaker文庫出道了！」的心情來寫後記。

本作是我在「成為小說家吧」投稿的作品，Sneaker文庫主動聯絡我表示：「一起做成實體書吧！」所以才能像這樣送到各位讀者的手上。

實體書！而且還是Sneaker文庫！從小時候、青春時代，一直到現在成為被汙染的大人，我的書櫃上總是會擺著Sneaker文庫的輕小說。我會好好努力，希望自己寫的小說也能成為大家放在書櫃上的作品。

此外，本作將由池野雅博老師改編成漫畫，並於２０１８年５月26日在月刊少年Ace展開連載！池野雅博老師曾在月刊少年Ace連載以古代中國的楚漢戰爭（項羽與劉邦的時代）為主題的《紅龍》，也曾在其他雜誌創作運動類和戰鬥類漫畫。帥氣&可愛的角色、氣勢磅礡的戰鬥場景、逗趣的日常場景，全都難不倒這位非常厲害的資深漫畫家老師。

寫這篇後記的時候，漫畫第一話還沒完成，但我拜閱過的角色設計稿上，是與負責本書插畫的やすも老師以不同風格呈現的莉特和露緹等人，都相當可愛又富有魅力，我非常期待看到她們在漫畫中說話與動起來的模樣。如果大家喜歡本作的話，建議可以去看看漫畫，會得到兩倍以上的樂趣喔！

那麼，令人開心的消息就報告到這裡，回到本作的話題吧。

我從以前就很喜歡ＲＰＧ，也玩過各式各樣的作品。本作是以ＲＰＧ中「半路離隊的夥伴」為主角的作品。

在遊戲初期擔任助攻角色，以及其他同樣在半路就被踢出隊伍的角色，這些例子在ＲＰＧ多不勝數，像是主角的父親、最初的戀人、背叛後成為敵人的角色。別離會成為故事的轉折，也是最令人印象深刻的場景。

正在閱讀後記的你如果也喜歡ＲＰＧ的話，應該也有留下一些與離隊夥伴有關的回憶吧？

本作的主角雷德也是被賦予了助攻角色的職責。因為太過有幹勁，無視了原本的離隊事件而繼續旅行，但最終還是遭到逐出隊伍，於是故事從這裡開始。

雷德沒有拿到任何與魔王軍作戰的報酬，還被沒收了所有裝備，流落到邊境地帶後，決定這次要得到自己的幸福……就像這樣，是非常歡樂的故事！

……嗯，不過，這個世界也存在著許多險惡的部分，但雷德與身邊人們在故事中還是能繼續笑著過生活的。

本作原本在網路上連載，後來承蒙了諸多人士的幫忙才能成為各位手上的實體書。為我的角色與世界賦予了樣貌的やすも老師，我特別喜歡在夕陽映照下的莉特插畫，還印出來作擺飾。將落落長的書名漂亮地排進版面的設計人員，還有糾正我許許多多的錯漏字，讓我的文章不管拿到哪裡都不會出糗的校對人員，請容我借這個場合向各位致上謝意！

此外，宮川責編對我的作品給予好評，為我提供加筆內容的提議，安排形形色色的企劃，還有與やすも老師開會等等，為了這本書真的付出很多辛勞。我的作品能夠成為您負責的書籍的一員，我真的打從心底感到很高興，謝謝您一直以來的幫忙。

再來是從網路版就支持著我的各位讀者。要是沒有你們的話，這本書應該就不存在了吧。

最後是購買本書的各位。如果這本書能帶給你快樂的時光，讓你願意收藏在書櫃中的話，對一個作家而言，這就是至高無上的喜悅。

那麼，我們相約第二集再見吧！

２０１８年　寫於櫻花開始散落時　ざっぽん

初次見面，我是やすも。
不管哪個角色都擁有鮮明的個性，畫起來真的很愉快。
希望可以讓大家感受到更多角色的魅力！

雖然世界似乎充滿了動盪，
但兩人幸福的慢生活還會
繼續下去——
因為不是真正的夥伴
而被逐出勇者隊伍，
流落到邊境展開
慢活人生 2
即將發售！

2
しめさば
插畫／ぶーた
刮掉鬍子的我與撿到的女高中生
Kadokawa Fantastic Novels

本田小狼與我 1 待續

作者：トネ・コーケン　插畫：博

無依無靠的女孩子，和世上最優秀的機車，
編織出一段友情物語。

小熊就讀於山梨縣高中，舉目無親，也沒有朋友和興趣，這樣的她獲得了一輛中古的Super Cub。初次騎機車上學、沒油、繞路而行——讓她有種進行了小冒險的感覺。一輛Super Cub，讓她的世界綻放了小小的光輝。蔚為話題的「機車×少女」青春小說揭幕！

迷幻魔域Ecstas Online 1~5 待續

作者：久慈政宗　插畫：平つくね

令人大感驚愕的線索
所導向的真相代表的究竟是……!?

堂巡將面對由誅殺魔王之劍的密碼所導出的真相。朝霧凜凜子與EXODIA EXODUS間的關係，以及外頭世界的企圖……問題堆積如山。另一方面，赤上等人朝精靈王國亞爾茲海姆進軍。雫石率領的黑色黎明團認為這是個好機會，意圖拯救2A——!?

各 **NT$220~240/HK$68~75**

戰鬥員派遣中！ 1~2 待續

作者：暁なつめ　插畫：カカオ・ランタン

同時收錄《美好世界》的合作短篇！
蠢蛋大雜燴的第二集登場！

　　無法順利啟動「小雞〇慶典」的葛瑞斯王國陷入了嚴重的缺水窘境。緹莉絲將這件事視為六號的責任，並派遣他們前往能夠挖掘到水精石的鄰國托利斯，但六號為了炒熱氣氛使盡渾身解數的宴會才藝「武士頭」卻被視為輕慢之舉，還惹得對方宣布開戰——！

各 **NT$200~250/HK$67~75**

國家圖書館出版品預行編目資料

因為不是真正的夥伴而被逐出勇者隊伍，流落到邊境展開慢活人生 / ざっぽん作 ; 王麗雅譯 . -- 初版 . -- 臺北市 : 臺灣角川 , 2019.12-

冊 ; 公分

譯自 : 真の仲間じゃないと勇者のパーティーを追い出されたので、辺境でスローライフすることにしました

ISBN 978-957-743-452-4(第 1 冊 : 平裝)

861.57　　108017557

Kadokawa
Fantastic
Novels

因為不是真正的夥伴而被逐出勇者隊伍，流落到邊境展開慢活人生 1

（原著名：真の仲間じゃないと勇者のパーティーを追い出されたので、辺境でスローライフすることにしました）

2019年12月18日 初版第1刷發行
2021年5月12日 初版第2刷發行

作　者：ざっぽん
插　畫：やすも
譯　者：Linca

發行人：岩崎剛人
總編輯：蔡佩芬
編　輯：彭曉凡
美術設計：李思穎
印　務：李明修（主任）、張加恩（主任）、張凱棋

發行所：台灣角川股份有限公司
地　址：105台北市光復北路11巷44號5樓
電　話：（02）2747-2433
傳　真：（02）2747-2558
網　址：http://www.kadokawa.com.tw
劃撥帳戶：台灣角川股份有限公司
劃撥帳號：19487412
法律顧問：有澤法律事務所
製　版：巨茂科技印刷有限公司
ＩＳＢＮ：978-957-743-452-4